謹訳　徒然草

林　望

装訂——太田徹也

はじめに

『徒然草』は、高校の教科書にも必ず出ていて、どなたも少しは読んだことがおありであろうと思う。『枕草子』と並んで、随筆文学の傑作として、古今の名著とすべきものであることは当然であるが、といってやはり、なかなか全部を通読した人はそんなに多くはないかもしれない。

　そもそも、この書の作者、兼好法師という人は、どういう出自（しゅつじ）のどういう経歴を持った人であったか、ということについては、近年になってさまざまの新しい研究が現れ、従来言われていた伝記的なことがらが、あまり当てにならないことがわかってしまった。じつは生没年すら不明とするほかはない。万事は、これからの研究に待つというところである。

　ただ、そういう学問的なことを離れて、この作品は作品として、充分に楽しく読める。

　兼好という、ひとりの「当たり前の人間」がいて、或る時は仏の教えに深く分け入って人生の万般（ばんぱん）を考えてみたり、或る時は若き日の想い出に耽（ふけ）ったり、或る時は俗界のさまざまな理不尽や愚かしい人々の有様をやっつけたり、或る時は珍談奇話のようなことを苦（く）笑裡（しょうり）に書き留めたり、感銘を受けたことを思い出すままに綴（つづ）ったり、ほんの備忘録のようなことを簡単に書き置いたり、その渾沌（こんとん）たる筆の運びのなかに、兼好法師という人の複雑で正直な人間性が顕（あらわ）れていると見て良い。

これがあまりに一つの思想なり信仰なりに凝り固まった本だと、読むのは息苦しく、読書の楽しみは損なわれることもあるが、この、良く言えば多彩で視野の広い筆の運び、悪く言えば雑多なありようは、まるで走馬灯のように、次から次へと目まぐるしく展開して、私ども読む者を飽きさせず、いつも新鮮な興味を与え続けてくれる。

それが、随筆というものを読む、本来の楽しみであるに違いない。

それゆえ、論理的には矛盾するようなこともかれこれ言っているのだが、いやいや、その矛盾のなかにこそ人間本来の姿が見えてくるというものだ。あるいは揺れ動く心と言ってもいいかもしれない。

だから、鴨長明の『方丈記』のように、ずっと一つの心で貫かれているものと違って、仏教者のようであったり、漢学者のようであったり、そうかと思うと、平安朝の物語作者のようであったり、ドキュメンタリータッチであったり、憤慨したり、喜んだり、自慢したり、怒ったり、呆れたり、まさに人間兼好が、ありのままの自分をさらけ出して書いている、そんな感じがするのが、この本の、いちばんの味わいである。

ひと続きの長い物語ではないから、かならずしも巻頭から巻末まで順に通読する必要もなく、気の向いたときに随時任意のページを開いて散読するのもよい。しかし、読み始めると、つい次の段も読んでみようかという気になって、いつの間にか読み耽ってしまう、それがこの本の卓抜なる力である。

ただ心を空しくして、兼好法師の物好きなる世界に心を遊ばせる、そんなつもりで読むのが、実は正解かもしれない。

わが「謹訳」シリーズも、『源氏物語』『平家物語』（以上祥伝社）『世阿弥能楽集（上）』（檜書店）と続いて、本作が四本目ということになるが、注解事項まで含めてできるだけ本文内に織り込むというのが「謹訳」の方針ながら、本書においては、他書よりも若干注記を多く挿入してある。また言葉で説明するよりも図示したほうが分りやすい事柄については、挿絵を加えるという工夫もした。いずれも、やや分りにくい言葉や物について、できるだけ分り易くしたいという思いから工夫したところである。読者宜しく諒とせられたい。

二〇二一年初秋のころ

菊籬高志堂の北窓下に

林　望　識す

目次

謹訳　徒然草

●〈序〉つれづれなるままに、日くらし、

なすこともなく心さびしいままに、一日中硯に向って、心に浮かんでは消えていくたわいもないことどもを、とりとめもなく書きつけていく。おもえば我ながらわけの分らぬことで、なんともはや正気の沙汰ともおもえない。

●〈第一段〉いでや、この世に生れては、

さてもさても、この世に人間として生を享けたからには、こうなりたいなぁと思うようなことがあれこれ多いように見える。

帝の位ともなると、これはまことに恐れ多いことにて、望んだり願ったりするものでない。またそのお血筋の皇族とて、子々孫々の末までも、われら俗人どもとは、根っからの違いがあって、どなたも高貴の方々ゆえ、これも問題にはならぬ。

摂政関白など天下一二の位の人々、これもまたさらに言うにも及ばない。

それ以下の並々の公家であっても、警護役として舎人（とねり）などという身分の随身（ずいじん）をお上（かみ）から支給されている方々は、まことに立派に見える。その子供、あるいは孫の代までには、官位が下（さが）ってしまっているとしても、なおその身におのずから具（そな）わっている気品があるものだ。が、それ以下の身分の者は、それぞれの家柄に応じて、あるいは俄（にわか）に時めいて、得意顔をしている者もあり、そういうご本人は、自分が大層な出世をしたと思っているようだが、まことにつまらぬことである。

しかるに、法師ほど羨ましくないものもあるまい。

『枕草子』に、「思はん子を法師になさむこそ、いと心苦しけれ。同じ人ながら、烏（え）帽子（ぼうし）・冠のなきばかりに、木の端（こは）などのやうに人の思ひたるよ（愛情を注いだ子供を法師にしてしまうなどということは、たいそう胸の痛むことである。同じ人間と生まれながら、烏帽子や冠を着（つ）けぬばかりに、まるでつまらぬ木の切れ端のように人からは思われることよ）」と、清少納言が書いているというのも、まことにしかるべき事に違いない。

仮に、法師になってから大層の権勢をほしいままにして、偉そうに威張りくさっているとしても、まったく感心したこととは見えぬ。増賀上人（ぞうがしょうにん）は、その師の慈恵僧正（じえそうじょう）が参賀した折に前駆（さきが）けとして随行したが、その時に、乾鮭（からさけ）を太刀のように腰に佩（は）き、痩せ牛に乗って行ったという。そうして「名聞（みやうもん）こそくるしかりけれ（出家者として世俗の名誉などを求めるのは、それこそ見苦しいことよ）」と喝破（かっぱ）したと伝えるが、まさにその通り、僧でありながら権勢に誇っているような者は、仏の御教えにも背くものだろうと思われる。

反対に、名声も栄誉もあらばこそ、ただひたすらに世捨て人として隠遁生活をしている人は、却って〈なるほど、ああ在りたいものじゃ〉というところもあるであろう。

さてまた、人と生まれて、姿かたちや風采のすぐれていることこそ、まさにそうありたいところであろうけれど、その上に、口の利きかたも品格があり、なおまた愛嬌があって、しかもあまり口数の多くない、というような人だったら、いつまでも倦み飽きることなく対話していたいというものである。

外貌はすばらしく見える人なのだが、ちょっと話してみると、どうも心のありようが宜しくないらしい本性が見え透いてしまったりするのは、ほんとうに残念なることである。家柄とか相貌とかいうものは生まれつきだからしかたないけれど、心はそうでない。『論語』にも、「賢きより賢からんとならば、色を易へよ（もともと賢い人が、更に賢くなろうと思うならば、まず好色の心を去れ）」と言ってあるように、本人の努力次第で、心のありようなどは、いかようにも進歩させることができるにちがいない。

仮に見目も良く、また心のありようも良いという人であっても、学問見識が無いということになれば、やはり品格は下るゆえに、さらに下層の、いかにも憎らしげな顔つきをした連中にも立ち交じって、易々と気圧されるようなことになるのは、まことに不本意なことというべきであろう。

ひとかどの人間として身に付けたい技芸としては、本格的な経書などの学問、詩を作り、歌を詠み、管弦の遊びに通じることである。

また、有職故実の知識や、公の儀典などについては、人のお手本にもなろうというほどであることが望ましい。さらには、書なども拙からずさらさらと書き、美声なるを以て座中の拍子を取り、「いやいや、弱りましたなあ、私は酒の弱い口で」と口では迷惑そうに言いながら、その実下戸ではない、なんてのこそ、男としては上等というものである。

●〈第二段〉いにしへのひじりの御代の政をもわすれ、

いにしえの聖帝、すなわち醍醐・村上両天皇のご治世時代の立派なご政道をも忘れ、人々が貧窮を愁え嘆いていること、ひいては国力の衰退してゆくことにも心至らず、朝廷中枢にあって万事に贅沢豪奢なる生活をほしいままにし、おのれは大したものだと自己満足しつつ、威張りのさばっている、そういう人はまったく以て嘆かわしく、思慮分別に欠けているように観察される。

「衣冠より始めて車馬に及ぶまで、有るに随ひて之を用ひよ、美麗を求むること勿れ

（装束や冠など身の回りの物から牛車や馬に至るまで、手許に有るものに満足して用いるようにせよ。決して美麗なるものを求めることなかれ）」

と、このように九条の右大臣殿（藤原師輔）の書き遺されたご遺戒にもござること。また、順徳院が宮中の仕来りなどについてお書きになった『禁秘抄』にも、「天位着御の物は、疎かなるを以て、美しとす（天皇のお召し物は、粗服であることを以て善しとする）」

とこう書いてござる。

●〈第三段〉よろづにいみじくとも、色好まざらん男は、

よろずの技芸に通暁して人並み外れた能力があったとしても、ただ一つ、「色好み」でないという男は、まことに物足りないことで、たとえて申せば、かの『文選』に「且つ夫れ玉の卮の當無きは、宝と雖も用に非ず（また、そもそも宝玉の盃の底が無いものは、それがいかに宝物であろうとも何の用にも立たぬ）」と謂うてある「底の無い宝玉の盃」のような心地がするというものだ。

すなわち、露霜に濡れてよれよれになりながら、あちらこちらと女の許へ惑い歩き、親の諌めや世間の非難を思ってはおろおろし、ああしたらよかろうか、いやこう

したがよかろうか、など思い乱れて、しかしその結果として、どこの女の閨にも行かずに独り寝をする夜ばかり多く、展転反側して微睡むことすらできずに恋に心を苦しめている、そんなのが風情ある男というべきであろう。

いやいや色好みと申しても、ただただ色事に溺れてばかりなんてのではなくて、仕事なども立派にやっているのだが、それでいて「あの方はあれでなかなか隅に置けないのよねえ」と、女たちに思われるというようなのが、男としてぜひこうありたいという姿であろうな。

●〈第四段〉 後の世の事、心に忘れず、

死しての後の来世のことを、常に心に忘れず、それゆえ仏の教えにも決して疎遠ではなく暮している、そういう人はまことに心憎い。

●〈第五段〉 不幸に愁へに沈める人の、

なにか不幸に遭って憂愁のうちに深く落ち込んでいる人が、いっそ出家剃髪しようなどと軽率に思いつくようなことではなくて、まるで生きているのかいないのか分らない様子で、すっかり閉門蟄居し、俗世にはなんの期待するところもなく日々を明か

し暮している、それはそれでまた結構なる暮しかた、ぜひそうありたいものである。

しかるに、源顕基中納言が言っていたことだったか……、「流刑地の月を、罪無くして見たいものだ」と、そのように思うのもまことにもっともなことであろう。

◉〈第六段〉わが身のやんごとなからんにも、

自分の身が高貴なるものであろうとも、ましてや物の数でもないようなつまらぬ身分であるならなおさらのこと、子というものは持たずにいるのがよかろうな。

前の中務省長官であった兼明親王、九条の太政大臣藤原信長、また花園の左大臣源有仁といった人たちも、みな子孫の絶えてしまうことを望んでおられた。染殿の大臣藤原良房卿についても、

「子孫おはせぬぞよく侍る。末のおくれ給へるはわろき事なり（子孫がいらっしゃらぬことは良いことでござる。末裔の劣りざまになっていかれるのは、悪いことだから）」

と、このように『世継の翁の物語』には言うてある。（注、『世継の翁の物語』は『大鏡』の異称、ただし、現存の『大鏡』には、この文言無し）

聖徳太子が、生きているうちに自分のお墓をお造りになられた時にも、

「ここを切れ、あそこを断て、子孫などおらぬようにしたいと思うゆえ」と、このよ

うに仰せられたとか……。

●〈第七段〉あだし野の露消ゆる時なく、

もしわれらの命が、化野(あだしの)（注、嵯峨野の奥にあった墓原）の露と消える時もなく、鳥部山(とりべやま)（注、麓の鳥部野と共に東山にあった火葬場）の荼毘(だび)の煙のように空のかなたに消えてゆくこともなく、ただひたすらこの世に永劫に生き続けるものだったとしたら、どんなに喜怒哀楽よろず人生の味わいも感じられぬことであろう。世に命がいつ果てるとも定めがない、そのことにこそ深い意味がある。

命あるものを見るに、人間ほど長生きなものはない。かの『淮南子(えなんじ)』に「蜉蝣(かげろふ)は朝(あした)に生じて暮(くれ)に死し」と説かれたとおり、蜉蝣は朝に生まれてその夕方の死を待つばかりだし、あるいは『荘子(そうじ)』に「蟪蛄(けいこ)は春秋(しゅんじゅう)を知らず（蟬は春も秋も知らぬ）」とあるとおり、蟬は夏の間だけの短い命ゆえ、春も秋も知らぬ、それほどに短くせわしない命もあるというものだ。それに比べて人間は、花だ月だとしみじみ味わいながら一年(ひととせ)を暮す、そのことだけを見たってずいぶんのんびりとしたものではないか。

人生にいつも飽き足りない思いでいて、過ぎる年月(としつき)を惜しみつつ生きているのだったら、仮に千年の寿命があろうとも、あたかも一夜(ひとよ)の夢のように過ぎてしまうという心地がすることであろう。いずれ永劫に生きてはいられない現世に、老い衰えた醜い姿をさらして生き続けたところで、なんになろうか。「寿ければ則ち辱多し（長生きをすれば、その分恥辱が増える）」と、このように『荘子』にも教えてあるとおりだ。されば、長くとも四十歳にならぬほどの年齢で死のうというのが、見苦しからぬところでもあろう。

そのくらいの年齢を過ぎてしまうと、老耄のみっともない姿を恥じる心もなくなり、人前にしゃしゃり出て交わろうと思い、「朝露に名利を貪り、夕陽に子孫を憂ふ（朝露のなかに名誉や利益を貪り、夕陽のなかに子孫を案じている）」と白楽天の詠じたごとく、もう人生は傾く夕陽のように儚いというのに徒らに子孫に愛着して、その栄えゆく未来を見届けるまでは生きていたいものだと期待し、ただただ俗世の名誉や利益を貪ろうという心ばかり深くなって、やがて人としての情趣もなにもわからぬようになっていく、なんとまあ呆れるばかりの仕儀であろうか。

●〈第八段〉世の人の心まどはす事、色欲にはしかず。

世の人の心を惑わす事と申せば、まず色欲に指を屈しなくてはなるまい。人の心は愚かなものよ。

たとえば、「匂い」などは、実体のないようなものであるが、しかし衣服にちょいちょいと香を焚きしめたものだと理性では弁えていながら、その得も言われぬ匂いには、どうしても心がときめいてしまうものだ。また久米の仙人は、川で洗濯をしている女の脛の白いのを見て、空飛ぶ神通力を失って落下したと伝えるが、まことに女の手足や肌などの汚れない美しさ、皮下脂肪のむっちりと豊かな魅力というものは、あとから取ってつけた化粧などの魅力とは違って、体そのものの魅惑なのだから、久米の仙人が落下したというのも、まずさもありなんと思うばかりだ。

◉〈第九段〉 女は髪のめでたからんこそ、

女の魅力もさまざまある中で、とくに嘆賞すべきものは美しい黒髪にて、これにはどうしても男の目が惹きつけられてしまうと見える。いっぽう、人柄とか心づかいとか内面のことは、ものを言っている様子だけでも、かりに実際の姿は見えず何かを隔ててであったとしても、おのずから知れることであろう。

そうして、なにごとにもあれ、ふとしたしぐさにも男の心を惑わしなどするほどに、総じて女というものは、気を許してのんびり寝ることもせず、己の身を惜しいとも思わずに、男だったらとうてい堪えられないようなことにも能く堪え忍ぶというのは、まさにただその色欲というものを思うがゆえにちがいない。

　まことに男と女が愛欲に執着するありようというものは、その根も深く、その淵源は人知の及ばぬ遠いところにある。されば、目に見るもの、耳に聞くもの、鼻に嗅ぐもの、舌に味わうもの、身に触れるもの、心に感じるもの、そのいずれにても触発される欲望というものは、さまざま多いこととはいいながら、心がけ次第で厭い捨て、離れることができるはずのものだ。が、そのなかにあって、ただあの色欲の惑い一つだけは、どうしても止みがたいもの、まさに老いたるも若きも、智ある者も愚かなる者も、これだけはみな変わらぬところと見える。

　されば、女の髪の毛を撚って作った縄には、大きな雄の象もおとなしく繋がれ、女の履いている足駄で作った笛には、秋の妻恋う雄鹿も必ず寄ってくる、とこのように言い伝えてござる。いやはや、自らよく戒めて、恐れ、慎まなくてはならぬものは、この色欲の惑いである。

●〈第十段〉家居のつきづきしく、あらまほしきこそ、

　住まいがその人に似つかわしく、まさにこうありたいものだと感じられるようなのは、しょせん儚い現世の仮の宿りだとは思うものの、やはり魅力を感じずにはいられ

ない。
人品骨柄も教養のほども優れた人が、悠々として住みこなしている所では、射し入って来る月の光も、ひときわしみじみと心に沁みて見えるものである。うわべばかり派手やかな今どきの家のようにきらきらしく飾られてはいないが、木立は鬱蒼と茂って年代を感じさせ、とくに造作したようにも見えぬ庭の草までも、どこか風情ある様子で、簀子（注、寝殿造の建物で、もっとも外側に設けられた、後世の建物の濡れ縁に相当する部分）や透垣（注、横に渡した木に隙間をあけて立板を打ち並べた、向こうの透けて見える垣根の一種）の配置の案配もめでたく、室内にさりげなく置いてある調度も、まるで昔の家を思わせるように似つかわしい落ち着きを見せている……そういう住まいこそ、ほんとうに心憎いまでに感銘深く見える。

これと反対に、多くの大工たちが、心を尽して磨き立て、唐国風のやら、和風のやら、あれこれとめったと見られないような高級調度を並べ置き、植え込みの草木までも、自然を離れて人工的な趣向に作りなしているのは、見る目も鬱陶しく、じつにいやな感じがする。そんなふうにして、いったいどれほど長生きして住み続けるつもりなのであろう。また、どうせいずれは火事にでも遭って、あっという間に煙になってしまうのであろうに……などと、ちらっと見た瞬間から思われることである。

このように、おおかたはその住まいのすがたによって、住む人の心がけのありようが自然と推量されるというものだ。

徒然草〈第十段〉

後徳大寺実定の大臣は、寝殿にトンビがとまるのを防ごうとして縄を張られていたが、それを西行が見て、

「トンビがとまっていたとて、なんの不都合があるものか。この殿のお心は、まあこの程度のことであろうな」

と言って、それ以後は、この殿のもとへは参られなかったと聞いておったところが、綾小路宮がお住まいの小坂殿という御殿の棟に、いつぞや縄を引き回されたゆえ、かの西行の故事が自然と思い出されておったところ、そこに居た人が、

「おおそうそう、カラスが群れていて、池の蛙を取るほどに、宮がこれをご覧になって悲しまれたのでなあ……」

と語ったのこそ、ああそれならばまことに結構なことだと思ったことであった。されば、徳大寺殿にも、なにかそのような理由があったのでもござろうか。

◉〈第十一段〉神無月のころ、栗栖野といふ所を過ぎて、

十月の頃、東山の栗栖野という所を過ぎて、ある山里を目ざして深く分け入って行ったことがあったが、はるばると続く苔むした細道を踏み分けてゆくと、かかる細道の奥に心細さを味わうごとくに住み馴らしている庵があった。

落葉に埋もれた筧の滴の音がぽたりぽたりと聞えているほかには、まったく音を立てるものとてもない。仏に供える清水を置く棚があって、そこには、菊の花、紅葉の枝などを折り活けて、それがあたりに散り落ちている、……こんなふうにして住む人があるからこその風情であろう。

　こんな寂しいところにでも、かく奥ゆかしく住んでいる人があるものだと、しみじみとした思いで見ていたところ、向こう側の庭に、大きな蜜柑の木があって、枝もたわわに実っているのであったが、そのめぐりを厳しく柵で囲ってあるのを見て、いささか興ざめな思いがし、「ああ、この木が無かったらよかったものをなあ」と思ったことであった。

●〈第十二段〉　おなじ心ならん人と、しめやかに物語して、

　もしここに、私と同じ心を持った人がいたとしたら、その人と心静かに語り合って、心を動かされたことやら、現世の儚いことやら、心の隔てなく話して、互いに慰められる、そんなことがあったらさぞ嬉しかろうと思うものの、現実にはそんな人はいるはずもないので、目前に語り合う人と、いささかも行き違いのないようにしなくてはと、緊張して向かい合っているのは、まるで独りぼっちでいるような索漠たる思

いがするだろう。

　これは互いに是非言っておこうと思うほどのことについて、「なるほどそのとおりだ」と聞く甲斐があるような場合はよいとしても、最初から少しく意見の違うところのある人が相手だったりすると、「いや、私はそうは思わぬが」などと言い争い咎めだてするようなことになりもするが、「いやいや、そういうことではない、かくかくしかじかのわけゆえ、こうこうこうなるのだ」などと事を分けて語らうことにもなれば、無聊を託っている気持ちが慰むこともあろうかとは思う。されど、正真のところを申せば、たとえば世の中に対して不満を抱く方向が自分と等しくない人は、当たり障りのない無駄話をしているくらいならよいけれど、いずれ本当の意味での心の友というべき存在とは、はるかに隔たった所があるにちがいない、いやはや、古歌に「思ふこと言はでぞただにやみなまし我とひとしき人しなければ（思うことは言わずにそのまま黙っておこう、いずれ自分と等しい思いを持った人などありはせぬのだから）」と嘆いてあるとおりだ。まことにがっかりするようなことだが……。（注、引き歌は『徒然草文段抄』所引『徒然草寿命院抄』による）

●〈第十三段〉 ひとり燈火のもとに文をひろげて、

だれと対話するのでもなく、ただ独り、灯火のもとに書物を広げて、いっそ見たこともない古えの世の人を友とするのこそ、この上なく心の慰む行ないである。

その書物とは、『文選』のしみじみとした巻々、『白氏文集』、また『老子』のことば、『荘子』の諸篇。わが国の博士どもの書いた書物にも、昔のものは心を動かされるものが多くある。

●〈第十四段〉 和歌こそなほをかしきものなれ。

和歌は、漢詩文などよりいっそう感銘深いものだ。都人から見れば訳の分らぬなりわいを営む下賤の民、あるいは山人どもの手業でも、和歌に詠み表せば興趣深く味わわれ、恐ろしい猪のことなども、歌語で「伏す猪の床」と言ったりするので、おのずから優しく感じられるものだ。

近頃の歌は、どこか一ひねり面白く工夫し得ているように見えるものはあるものの、古き歌どものように、なんと言ったらよかろうか、言外の余情ともいうべきものがしみじみと心に響いてくるというところがない。

紀貫之の「糸による物ならなくにわかれぢの心ぼそくもおもほゆるかな（糸に撚り合わせる片糸でもあるまいに、都に別れて行く道はまるでその片糸の細いように心細い思いがするものだ）」という歌は、『古今集』の歌どものなかでは屑のように拙いものだと言い伝えているけれど、今の世の歌人たちにはとうてい詠み得る境地ではない。この『古今集』当時の歌には、一首の姿や言葉の使い方が、この類いのものばかり多い。それなのに、この歌に限って、歌のなかの屑などと言い立てられたのは、どういうわけだか知りがたい。この歌は『源氏物語』では、第二句が「ものとはなしに」という形に書かれている。

また『新古今集』では、「冬のきて山もあらはに木の葉ふり残る松さへ嶺にさびしき（冬が来て山肌もあらわになるほどに木の葉が落ちると、散り残っている松までが嶺に寂しげに立っているように見える）」という歌をば、やはり歌の屑だと言うようであるが、なるほどこちらのほうは、すこしばかり調べがぎくしゃくしていると見えるようである。そうはいっても、この歌もまた、宮中の和歌所で歌合わせの際に詠まれたものであるが、判者たちの衆議のなかでは良い歌として判定され、後にも後鳥羽院がことさらに御感あそばされて、その旨の御教書を下されたと、『源　家長日記』に書かれてある。

『新古今集』の西行の歌に「末の世もこのなさけのみ変らずと見し夢なくはよそに聞かまし（末法の世となってもこの歌の情ばかりは昔に変わらぬものだと教える夢の告げを見なかったなら

ば、寂蓮法師の勧進した百首歌もよそ事と聞いていたことであろう)」とあるように、歌の道ばかりは、昔も今も変わらないなどと言う事もあるが、さてそれはいかがなものであろう。今もふつうに詠み合うている歌語や歌枕も、昔の人が詠んでいたのは、さらさら同じものではない。昔のそれらは、すんなりとして持って回ったところがなく、言葉としての風姿も汚げないので、その分しみじみと感銘深く見える。

『梁塵秘抄』に集められている謡い物の言葉などはことに、また心に深く響くことが多くあるように見える。

昔の人のは、いかほど言い捨てたに過ぎぬ歌句であっても、みなすばらしく聞えるのであろうか。

●〈第十五段〉いづくにもあれ、しばし旅だちたるこそ、

どこへであっても、しばらく旅の空にあるというのは、格別にまた目の覚めるような新鮮な心地がするものだ。

そのあたりを、あちらこちらと見てまわり、田舎めいた所、はたまた山里などにあっては、たいそう見慣れない事ばかりが多くある。旅先から都へ、しかるべき伝手を求めて手紙を遣わすに、

「そのこと、それからあのこと、そちらの都合のよいときに、忘れずにやっておくようにな」

などと書いて遣るのもまた、まことに面白い。

かかる馴染みの無いところでは、おのずから何ごとにも気を配るようになる。たとえば旅先に持参している道具類などまでも、良いものはさらに良く見え、なにかの芸能をする人でも、あるいは姿かたちの良い人でも、鄙びたところではいっそう引き立って見える。

寺や社などに、そっと入って参籠したりしているのも面白い。

●〈第十六段〉神楽こそ、なまめかしく、おもしろけれ。

神楽というものは、俗っ気がなくて、まことに気持ちの良いものだ。

おおかたのところを申せば、楽器の音として良いものは笛や篳篥だが、常に聞いていたいものとなると、琵琶や和琴だろうか。

●〈第十七段〉山寺にかきこもりて、仏に仕うまつるこそ、

山寺にひしと籠りいて、ただ仏に仕える勤行に過ごすことこそ、所在なき思いも

せず、心の濁りも清められる心地がするものだ。

●〈第十八段〉人は、おのれをつづまやかにし、

人は、わが身を質素にし、ぜいたくなことを遠ざけ、資産などは持たず、世俗の名利などをむさぼらぬようにすることが、なにより立派なことに違いない。昔から、賢人とすべき人で金持ちだというのは稀である。

唐土にあって、許由といった人は、身に付けた貯えなどもさらさら無くて、水を飲むにも盃や茶碗のようなものすら持たなかったゆえ、手で水を掬んで飲んでいたそうな。それを見て瓢簞というものをさる人が贈ったところ、ある時、それを木の枝に掛けておいたという。するとそれが風に吹かれてしきりと音を立てたのを、うるさいと言って捨ててしまった。そうして、また以前のごとく手で水を掬んで飲んでおった。いや、いかばかりその心のうちはさっぱりとしたものであったろうか。また孫晨は、冬の月にも、掛けて寝る衣の一枚もなかったが、藁が一束あったので、夕べになればこの藁の中に寝て、朝になるとそれを片づけたという。

いずれも、唐土の人は、こういうのを立派な行実と思えばこそ、『蒙求』のような書物に記し留めて、後世にも伝えたものであろうが、さてさて我が国の人々は、かか

ることをいっこうに語り伝えることもしなかったのであろう。

◉〈第十九段〉折節の移りかはるこそ、ものごとにあはれなれ。

季節が移り変わってゆくありさまは、なにごとにつけても深く心に沁みるものである。

「心を動かされるしみじみとした情感は、なんといっても秋がまさる」と、誰もみな言うようだが、それはたしかに一理あるとしても、もう一段心も浮き立つものは春の景色だと、そのように見える。鳥の声なども殊の外に春めいて、のどかな春日の光さすところ、垣根の草も萌えいずる早春の頃から、次第に春も深まって霞が立ちこめ、桜の花もしだいに咲き初めようかという時分に、折悪しく雨風が打ち続き、やっと咲いた花も静かに味わうに及ばずして散り過ぎてゆく、そうしてすっかり青葉になってしまうまで、何につけても人の心を悩ませることのみ多い。

『古今集』の歌に、「五月まつ花たちばなの香をかげば昔の人の袖の香ぞする（五月を待って咲く花橘の香りを嗅ぐと、昔契った人の袖の香りがする）」とあって、花橘は昔を偲ぶ花として名高いけれど、それよりもなお、梅の匂いを嗅いだ時のほうが決定的に、その当時に立ち返って、昔のことも恋しく思い出される。また、山吹のこざっぱりした花の様子や、藤の花の朧げな様で咲いている、いずれもいずれも、思い捨て難いことが多い。

「四月八日の仏生会の時分、また賀茂の葵祭の頃、若葉の梢が涼しげに茂ってゆく季節にはまことに、世の中のしみじみとした味わいや、人の恋しさもひときわ深く感じられるな」

と、さるお方が仰せられたのこそ、まことに同感を覚える。

五月、端午の節句で屋根に菖蒲の葉を葺く頃、すなわち早苗を苗代から取って田植えをする頃、水鶏が夜に叩くような声で鳴くなど、心細い思いのせぬはずもない。

六月の頃、どこぞの場末の貧しい家に、夕顔の花が咲いて白く夕闇に浮かんで見え、そこに蚊遣火を燻らせているのも、『源氏物語』の夕顔の物語などを思い起こさせて、しんみりとした感慨がある。六月末に行なわれる一年の邪気を祓う神事、夏越の祓えもまた興趣深い。

七月七日に七夕を祭る、これもとりわけて清爽な思いがする。しだいに夜寒になってくる時分、雁が鳴き鳴き渡ってくる頃、やがて萩の下の方の葉が黄色く色づいてくる頃おいともなれば、早稲の田ではすでに稲穂を刈って干したりなど、あれこれと風趣に富むことが、秋はとりわけて多くある。また、台風の過ぎた翌朝の景色などもとりわけて風情を感じるものだ。

こういうことを、それやこれやと言い続けると、じつは『源氏物語』や『枕草子』などに言い古されてしまっているけれど、その同じ事を、今また事新しく言うまいなどと思っているわけでもない。『大鏡』の序に「おぼしきこと言はぬは、げにぞ腹ふくるる心ちしける（思っていることを言わずにいるのは、まことに腹の膨満するような不愉快を感じる）」とあるとおりの思いゆえ、いまは筆にまかせて書き散らすことにするが、しょせんこのような文章は、なんの趣もない気慰み程度のことにて、どうせすぐに破り捨てるべきものだから、人がこれを見るというようなこともないだろう。

さて、冬枯れの景色もまた、秋におさおさ劣るものではあるまい。汀の草に紅葉が散りかかって失せずに残っているところへ、霜がたいそう白く置いた朝に、庭に引き入れた川水の流れに水蒸気が立っているというのもまた風情がある。

年の暮も押し詰まって、人々がみな忙しげに右往左往している頃というのもまた、この上なく心に沁みる。「世の人の、すさまじきことにいふなる、しはすの月夜の、くもりなくさし出たるを（どこぞの人が「殺風景なもの」として言い謗っているとか聞く「師走の月」が、皓々と曇りなく雲の晴れ間に顔を覗かせた……）」と『源氏物語』にも書かれたとおり、殺風景なものとして特に見る人もない師走の月が寒そうに澄んでいる、二十日過ぎ時分の空こそは、ほんとうに心細いものである。宮中清涼殿で十九日から行なわれる仏名会、また荷前の使（注、十二月中旬に、諸国から奉る調物の一部を初穂として十陵八墓に供えるための勅使）

上：第八段　下：第十九段

が立つなど、いずれも心に沁みてありがたい感じがする。この季節には、その他にも除目（注、諸官任命式）やらなにやら公の儀礼も頻繁にある上に、それらが新春の諸儀礼のための準備と重なって挙行されるので、まことに盛大で賑々しい。追儺（注、大晦日の夜に宮中で行われる鬼やらいの神事）から、一夜明けての新春に、帝が東西南北を遥拝する四方拝へと続いていく行事のありさまも面白い。その大晦日の夜には、たいそう暗いところを、松明など灯して、夜中を過ぎるまで、家ごとに門を叩きながら、なにごとか祝言のようなことを叫びつつ走り回っている者がいる。しかし、それも暁時分にもなれば、さすがに姿を消して音もしなくなる……このころになると、いよいよ一年も終ったなと、寂しく名残惜しい思いがする。また、大晦日は亡き人の御霊が帰ってくる夜だといって、その魂を祭る行事は、このごろ都ではやらなくなってしまったが、東のほうでは、今も執り行なわれている、それを見たときはいかにも懐かしい感慨に打たれたことであった。

　こうして明けてゆく空の様子は、昨日と別段に変わったとも見えないけれど、新年の朝だと思うと、がらりと一変して新鮮な感じがする。京の大路のさまを見れば、家ごとに門松を立てわたして、どこか華やかで嬉しげな様子に見える、そのことがまた頗る感慨深い。

●〈第二十段〉なにがしとかやいひし世捨人の、

なにがしとかいった世捨て人が、

「この世に妻子や身分など、我が身を拘束するようなものは何ひとつ持っていない私にとって、いずれはこの空と別れて死なねばならぬ、そのことだけが名残惜しい」

と、そう言っていたが、なるほど、まことにそう思うのもむべなるかなというものである。

●〈第二十一段〉よろづのことは、月見るにこそ、慰むものなれ。

よろずのことは、月を見ることで慰められるであろう。そこで、ある人が、

「月ほど心を動かされるものはあるまい」

と言ったところ、もう一人の人が、

「いや、露のほうがしみじみと趣深い」

と言って争ったのは、可笑(おか)しいことであった。しかるべき折に当たれば、どんなものだって趣深からぬものもあるまいに。

月や花（注、桜をさす）はもとより言うまでもない。が、とりわけ風というものは人の

心にしみじみとした感懐を催させると見える。また岩に砕けてきらきらと流れていく水の様子こそは、季節に関係なく賞翫すべきものだ。

「沅湘、日夜東に流れ去る、愁人の為に止まること少時もせず（沅水、湘水、二つの川は日夜東方長安のほうへ向って流れてゆく、愁えている私のために流れは少しの間も止まってくれはせぬ）」と、こういう戴叔倫の詩を見申したのは心に響いたことであった。

また嵆康も、「山沢に遊びて魚鳥を観る、心甚だ之を楽しぶ（山辺や川畔に逍遥して魚や鳥を眺めると、心が甚だ之を楽しむ）」と詠じている。

古歌に「外つ国は水草清しことしげき天の下には住まぬまされり（田舎は水も草も清らかであるから、なにかと面倒の多い帝都には住まぬほうがよい）」と歌ってあるように、喧騒な町から遠く離れて、水や草の清らかなあたりを彷徨いあるいている時ほど、心の慰むことはあるまい。

●〈第二十二段〉何事も、古き世のみぞしたはしき。

どんな分野でも、古い昔のことばかりに心が惹かれる。現代風は、なんとも言いようのないほどに万事が賤しくなっていくように見える。あの木工の匠たちの造った美しい器物なども、古色豊かなものほど興趣深いなあと見えるものだ。

手紙の言葉づかいなども、昔に書き散らされたるものなどは、まことに立派なものだ。またなにげなく口に上せる言葉なども、今の世はしだいに情けないようなことにのみなってゆくことだ。

「昔は、『車もたげよ（牛車の轅を持ち上げよ）』『火かかげよ（灯の灯心を掻き上げよ）』と、そんな風に床しく言ったものだが、今どきの人は、『もてあげよ』『かきあげよ』と打ち付けな言いかたをする。また、お上が夜のお出ましなどするときには、『主殿寮人数たて（主殿寮の役人どもよ、立って火を灯せ）』と言ったものだが、今は『たちあかししろくせよ（松明に火をつけて明るくせよ）』などと言い、『金光明最勝王経』の講説の際の御聴聞所のことを、昔は『御講の廬』ときちんと申したものを、今は略式に『講廬』などと言う。いずれも情けないことじゃ」

と、さる長老が仰せになったことがある。

◉〈第二十三段〉おとろへたる末の世とはいへど、

なにもかも衰微した末法の世の中ではあるが、それでもなお、宮中の神々しい有様ばかりは、世俗の塵にも染まらず、まことに賞嘆すべきものである。就中に紫宸殿と仁寿殿の間にある板敷きをば露台と言い、お上がお食事を召し上がる所をば朝餉

内侍所之圖

徒然艸
内侍所の鈴の音ハめでたく
優なるものなりとぞ徳大寺
太政大臣の仰せられける
江次第御神樂次第曰
主上召御笏御拜 両段 典侍
訖女官引鈴鳴之三度と云

内侍所図（『鳳闕見聞図説』所載）

と言い、またやれ何殿だ、何門だと称するのを聞くと、なにやらありがたいように感じる。そればかりか、下賤の者の家にもありそうな、小さな格子戸を小蔀、庭に面した小さな板敷きのところを小板敷、また開き戸をば高遣戸などと称するのも、なにやら立派な風情に聞えることであろう。あるいは、なにかの行事に際して公卿たちの着座する所に明かりを灯せということを「陣に夜の設けせよ」などと命じるのも、またこの上なく立派な感じがする。さらには、お上の御寝所の灯台に点火せよということをば、「掻い灯し疾うよ」などと声作りして言う、これもまた賞嘆すべき言葉である。

上卿（注、宮中で諸儀式を差配する上級公家）たちが、その着座する陣からあれこれ命令を出して事を挙行する有様は、事新しく言うまでもない。そうして各役所の下級官人どもが、得意げな顔をして、いかにも物慣れた様子で任務を遂行するのも興深い。それがばかに寒い夜を徹して行われる行事などの折に、あちらこちら居眠りなどしているのは、まことに可笑しい。

「内侍所（注、神鏡を収めてある温明殿のこと）にお上が参拝されるときに、内侍どもが振り鳴らす鈴の音などは、また賞嘆すべく優雅なるものじゃ」

と、そんなふうに徳大寺太政大臣藤原公孝卿は仰せられたことだった。

◉〈第二十四段〉斎王の、野宮におはしますありさまこそ、

伊勢の斎王に選ばれた内親王などが、精進潔斎のため、長いこと野宮にお籠りになっているありさまは、まことに典雅にして興趣深いことの極みのように感じることであった。「経、仏」などの仏教の言葉は憚ってこれを忌み、それぞれ「染め紙、中子」などと言い替えると聞くが、これまた趣き深く感じられる。

総じて、神社というものは、まことに捨てがたく俗っ気のない美しさをもったものであろう。いかにも古色蒼然たる神域の森の風情もただならぬばかりでなく、さらに麗しい神垣を造り渡して、境内の榊に白木綿（注、楮の皮の繊維を白く晒したもの）を懸けてあるなど、これをどうして神々しく素晴らしいと思わずにいられようか。多くの神社のなかでも殊に風情豊かなのは、伊勢神宮、賀茂神社、春日大社、平野神社、住吉大社、大神神社、貴布禰神社、吉田神社、大原野神社、松尾神社、梅宮神社、である。

◉〈第二十五段〉飛鳥川の淵瀬常ならぬ世にしあれば、

「世の中は何か常なる飛鳥川きのふの淵ぞ今日は瀬になる（この世の中で何が常住不変でいられようか、否、飛鳥川では昨日は深い淵であったところが、今日は浅瀬になる、そのように不変のもの

などはあり得ないのだ）」と『古今集』の歌に詠じてあるとおり、飛鳥川の淵瀬さながらすべては転変してゆくのが世の中というものであるから、時が移り、かつて存在した物も消えうせ、楽しみと悲しみがこもごも行き交うのが当たり前のありようで、かつては華やかに栄えていたあたりも、今では人も住まぬ野原となり、昔に変わらず残っている家があろうとも、そこに住んでいる人はすっかり変わってしまっている。「桃李言はず春幾ばくか暮れぬる、煙霞跡無し昔誰か住んじ（こうして咲いている桃李の花は、何も物言わぬが、さて道士が登仙してから何度の春を送ったことか。道士が住んでいた辺りには煙や霞がたなびいているが、しょせん跡もなく消えていく煙霞に、昔ここに誰が住んでいたのか、尋ねるよしもない）」と古えの漢詩に詠まれたごとく、こうなってはいったい誰と共に昔のことを語ろうか。まして、見たこともない昔、ここに高貴な方が住んでおられたという屋敷跡などが何もなくなってしまっているのを見るのは、まことに儚い思いがする。

関白藤原道長の邸宅であった京極殿、またその出家後の住寺であった法成寺などを見るにつけても、これも古えの漢文に「楽しみ尽きて哀しみ来たり、志留まり事変ず（現世の楽しみが尽きて哀しみがやって来る、その志は今に留まっていようとも実際の事業はすでに滅び果てた）」と詠めてあるとおり、まことに世の無常の思いが胸に沁みわたる。御堂関白と呼ばれた道長殿が、造営し磨き立てられたこの寺には、寺領としての荘園が多く寄進され、自らの御一族だけが、外戚として帝の御後見に任じ、世の秩序を守りつつ、末代までも栄え続けるようにと考え置かれた時には、いかなる後代になろうとも、これほどまでに頽廃し尽すだろうとは、さて、想像なさったことであろうか。大門や金堂などは近き世まで在ったのだが、正和（西暦1312～17年）の頃に、南門は焼失し、金堂はその後崩壊してしまったままで、再建の挙もなかった。ただ、無量寿院だけが、往時の法成寺の栄華を物語る形見として残っている。そこには、一丈六尺（注、約四メートル八十センチ）の仏が九体、たいそう尊いお姿で居並んでおわします。また藤原行成大納言の筆にかかる額や源兼行の書いた扉が、いまなお鮮やかに見えているのはまことに胸打たれる。法華堂なども、今なお残っているようである。が、これだっていつまで存続できるものであろうか。この程度の名残すら残っていない所々については、たまたま礎石ばかりが残っているところもあるが、それがどんな由来を持った遺跡であるのか、さだかに知っている人もない。

されば、何事にもあれ、自分が見届けることのできない後世のことまでを、あれこれと考え置いても、しょせんは儚いことにちがいない。

●〈第二十六段〉　風も吹きあへずうつろふ人の心の花に、

「桜花とく散りぬとも思ほえず人の心ぞ風も吹きあへぬ（桜花はすぐに散ってしまうと人は

いうけれど、その桜の花の散るのが早いとも思えないほど、人の心はあっという間に移ろうてしまう、それは桜を散らす風すら間にあわぬほどに……）」と紀貫之は歌うたけれど、なるほど散華の風も吹く間がないくらいに、たちまち移ろうてしまう人の心の花……その人と睦みあっていた年月を思い出すと、しみじみと胸に深く響いて聞いた、ひとつひとつの言葉はどれも忘れ得ぬものの、その人もやがて自分とはまったく別の世界に行ってしまう……それがこの世の習いというものだが、それこそは、亡くなった人との死別よりもまさって、もっと悲しいものにちがいない。されば、『蒙求』には、「墨子は練糸を見て而して之を泣く。其の以て黄にすべく、以て墨すべきが為なり（墨子は白い練り糸を見て泣いた。この白い絹糸があるものは黄色く、あるものは墨に染められる、その別れ行く末を思うて泣いたのである）」と申し、また「楊子逵路を見て、而して之を哭す、其の以て南すべく以て北すべきが為なり（楊子は分かれ道を見て声を上げて泣いた、そのある者は南に行き、ある者は北に行く、その別れ行く人の心を思うが故に泣いたのである）」とも言うてある。されば、この白い糸が別々の色に染められることを悲しみ、分かれ道の行く末が遠く別れていくことを嘆く昔の人があったというのも、いずれは別れて行かなくてはならない人の行く末を悲しく思うたゆえであろう。『堀川院百首』の歌のなかに、

　むかし見し妹が垣根は荒れにけり
　つばなまじりの菫のみして

（昔逢い見た女の家の垣根が、今はすっかり荒れ果ててしまっている。
ただ茅花のなかに交じって可憐な菫だけはなお咲いているが）

とこのように詠じているのは、まことに寂しい景色だが……おそらくかつて睦まじくしていた女の心がまったく離れていってしまったというようなことがあったのであろうな。

●〈第二十七段〉 御国ゆづりの節会おこなはれて、

帝のご譲位に際しての儀式とその後の宴が行なわれて、その時に三種の神器すなわち草薙剣、神璽すなわち八坂瓊曲玉、それに内侍所に奉安してある八咫鏡、この三つの物をば新帝のもとにお渡し申し上げる頃は、限りなく心寂しい思いがするものだ。新院すなわち花園上皇が、帝の位を後醍醐天皇にお譲りあそばされた、その春に、こんな歌をお詠みになられたとか伝えている。

殿守のとものみやつこよそにして
はらはぬ庭に花ぞ散りしく

（主殿寮の官人どもが、この御所は自分たちとはもはや無縁のところになったと思って、
掃き清めることもせぬここの庭に、いましきりと桜の花が散り敷いている）

新たに即位された後醍醐天皇の御世のご政務が繁多であることに紛れて、新院の御所には参上する人もないことだが、ああそれはいかにも寂しげなことである。こういう折に、もっとも端的に人の心の実相が露頭するのであろうな。

●〈第二十八段〉諒闇の年ばかり、あはれなる事はあらじ。

お上が父君母君の喪に服される一年ほど、心に沁みることはあるまい。服喪の間お上が籠られる仮御所の様子など、たとえばその板敷きの床も、常の宮居より一段低くしつらえ、粗末な蘆の御簾をかけて、そこに鈍色の布の帽額（注、御簾の上部の飾りで、通常は錦などを以て作る）も粗放そのもので、御調度のあれこれも質素なものを用い、そこに奉仕する官人たちの装束にしろ、太刀の作りにしろ、またその飾りの鈍色の紐にしろ、常とは異なる風情であるのは、いかにも厳粛そのものである。

●〈第二十九段〉しづかに思へば、よろづに過ぎにしかたの恋しさ

しずかに思いを巡らしてみれば、なにごとにつけても過ぎてしまった時代の恋しさばかりは、いかんともすることができぬ。

人が寝静まっての後に、まだまだ長く続く夜の手慰みに、どうということもない道

具類を取りかたづけて、こんなものは残して置くまいと思う書き損じの紙などを破り捨てるなかに、今は亡き人が手習いに書いたもの、あるいは絵を描き遊んだものなどを見出したりすると、まことに、それらを書いた折の思いが蘇ってくる。いや、今も健在な人の手紙にしても、もう受けとってから久しい月日が経ち、さてさてこの文は、どんな折に貰ったものだったかな、あれはいつの年だったかな、など思うのは、しみじみと心に響くものがある。昔から使い慣れてきた道具なども、しょせん心もない物体に過ぎぬが、それでも今も変わらずに久しく残っているのは、その道具と共に過ごしてきた年月を思い出して懐旧の情に打たれる。

●〈第三十段〉人のなきあとばかり悲しきはなし。

人の亡きあとほど、悲しいものはない。

四十九日の法要を済ませるまでの間、山里などに移り行きて仮住まいをしながら、およそ便の悪い狭苦しいところに、大勢の人が肩を寄せ合って、後世菩提を弔う仏事などを皆で営んでいるのは、まことになにかに追われる感じがする。そういう日数があっという間に過ぎていくことは、ちと喩えようもない。そうして、その四十九日の果ての日は、たいそうそっけなく、互いに物を言うこともなくして、それぞれ分別顔をして、さっさとそこらの物を取りまとめると、散り散りに行き別れてゆく。やがてもともとの自宅に帰ってきてからが、さらに悲しいことは多くあるであろう。

「これこれの事は、おお恐ろしや、生き残っている人のためには縁起悪く、忌むことじゃぞ」

　などと言い合っているのは、こういう悲しいときにまた何だってそんなことをいうのだと、人の心をばつくづく情けなく感じることである。

　亡くなってから年月が経っても、少しも忘れるということはないのだが、古諺に「去る者は日々に疎し」と言うてあることゆえ、いかに忘れぬとは申せ、亡くなった直後のように悲しくは思わなくなるのか、わけもないことを言っては、からからと笑ったりもする。亡骸は、人気もなく淋しい山の中に埋め納めて、命日のような日だけに詣で詣でして見もてゆくに、新しかった墓石もやがて苔むし、落葉が散り埋めて、ただただ、夕べの嵐や夜の月だけが、ここに訪ねてくれる縁者となり果てる。

　亡き人を思い出して偲んでくれる人が生きているうちはまだしも、それもまたほどもなく死に失せて、もはや直接に知る人も無くなり、ただ故人のことを聞き伝えるだけの末裔ともなれば、どれほど心を動かされることであろうか。そうなったら、もはや亡き跡を弔ってくれる人も絶え果て、その墓標がどこの誰とも名前すら知られぬようになり、毎年の春の草ばかりが時を忘れずに生えてくることを、心ある人は、しみじみと哀しく見ることであろうけれど、しまいには、嵐に吹かれて泣き咽ぶように枝を鳴らしていた松までも、松は千年などと言うのも空しく、千年を待たずに薪に伐り砕かれて、古き墳墓は、やがて鋤かれて田んぼになりおおせる。そうしてそこに墓があったことすら跡形もなく消えてしまうのは、いかにも悲しい。

◉〈第三十一段〉雪のおもしろう降りたりし朝、

雪がいかにも美しく降っていた朝に、さる女のもとへ物を言いやるべき事があって、文を送るに際して、私はとくにその雪のことは何も触れずに書き送ったのだが、それに対する返事に、

「この雪を、こんなふうに見ましたよと、ただのひと言もお書き下さらないなんて、がっかりするような心がけの人がおっしゃることなど、聞き入れるべきものでございましょうか。かえすがえすも期待外れなお心でございます」

と書いてあったのは、呵呵、まことに面白いことであった。

これも今は亡き人だから、これっぽっちのことでも忘れ難いのだ。

◉〈第三十二段〉 九月廿日のころ、ある人にさそはれたてまつりて、

九月二十日のころ、さる貴顕の殿からお誘いをいただいて、夜が明けるまで月見の逍遥をしたことがござったが、その殿が、ふと思い出された所があって、突然ながら私に案内を乞わせて、やがて入っていかれたことがある。すると、荒れた庭にみっしりと露が降りていたが、あたりには、ことさらに香を炷かせたという風情でもなく、いかにもさりげない香りがしんみりと漂っていた。そんなふうにして、人目を避けて床しく住んでいる様子が、いかにもしみじみと感じられたことである。

しばしあって、殿は外に出てこられたが、なおこの邸の主のしこなしが風雅なものに感じられたゆえ、もうしばらく物陰に隠れて見ていたところ、男の出ていった開き戸を、いま少し押し開けて、主の女は月を眺めている様子であった。これが、男が出ていったとたんに扉に鍵をかけて閉じ籠ってしまったりしていたならば、なんと興ざめなことであったろう。殿御が出ていったあとまで、こうして観察していた人があるなどと、どうして分るはずがあろうか。すなわち、こうしたことは、ただ朝夕日常の心遣いしだいということであろう。この主の女も、それからまもなく亡くなったと聞き申したことであった。

●〈第三十三段〉今の内裏作り出だされて、

現在の二条富小路の内裏が造営されて、有職故実に通じた人にお見せになったところ、どこにもこれという欠点はないという。そこで、いよいよこの内裏に帝がお遷りになる日も近くなった頃、玄輝門院（注、後深草天皇の妃）がこれをご覧になって、

「閑院殿（注、閑院内裏、高倉天皇から後深草天皇時代の里内裏）の櫛形の穴（注、御殿の鬼の間の間仕切りの壁に作り設けられた半月形の窓）は、丸く穿ってあって、縁などは無かったものじゃ」

と仰せになったのは、昔のことをよく覚えておいでで、また細かなところまでよくお心づきあそばされたこと、まことに賞嘆すべきものであった。

すなわち、新造の内裏のそれは、中に切り込みを設け、しかも木製の縁が付けてあったので、それは誤りであるからと指摘されて、すなわち古式の通り縁無しの切り込みのない丸い半円形に直されたのであった。

●〈第三十四段〉甲香は、ほら貝のやうなるが、

甲香という香（注、各種の香料を混ぜて練ったお香の一種で、本来は貝香と書くべきところをこう書いたのは宛字）は、ほら貝のような形の貝で、それよりも小さくて、口のあたりが細長くなって突き

出ている、とそういう貝の蓋を原料とする。武蔵の国の金沢という浦に産するものだが、所の者は、

「その貝は、ここらでは『へなだり』と申しております」

と言っていたものだが……。（注、兼好は三浦半島の金沢あたりに一時住していたこと、『兼好法師集』に「武蔵の国金沢といふところに、むかし住みし家のいたう荒れたるにとまりて、月あかき夜」という詞書のある歌が出ていることで知れる。その時分に関東で見聞きしたことの書き留めか）

◉〈第三十五段〉手のわろき人の、はばからず文書きちらすはよし。

字の下手くそな人が、それでも遠慮せずにどんどん手紙を書き散らしなどするのはよろしい。けれども、自分は悪筆だからなどと言って、わざわざ人に書かせたりするのはわざとらしくて鬱陶しい。

◉〈第三十六段〉久しくおとづれぬころ、いかばかり恨むらんと、

「長い間通っていくこともなかった頃のことです……こう御無沙汰をしていては、どんなに恨んでいるだろうかなあ、と思いましてね、いやそれも自分の怠慢なんでね、こんど訪ねていくについて、言い訳のしようもないなあと思っておりましたが、……

するとその女のほうから『下働きの男で手の空いてる人がおありでしょうか。もしあったら一人お貸しくださいませんか』という文を送ってきてくれましてねえ、そりゃありがたく嬉しいことでしたよ。……そういう穏やかな心がけの女がよろしいですな」

などと、ある人が申しておられたが、さもありなんと思われることである。

◉〈第三十七段〉朝夕へだてなく馴れたる人の、

朝夕になんの隔心もなく馴れ親しんでいる人が、なにかの時に、自分に遠慮をして妙に礼儀正しい様子に見えることがある。そういうのを「今さら、そんな水臭いことを」と言う人もあるに相違ないが、私はそうは思わぬ。そういうのもまたいかにも誠実な感じがして、ああ善い人だなと感じる。

反対に、それほど親しくもない人が、すっかりうちとけた事などを言うこともある。これまた、ああ良いなあと心惹かれるに違いない。

◉〈第三十八段〉名利につかはれて、閑かなる暇なく、

名声や利欲に振り回されて、閑かな暇もなく、一生をあくせくと苦しめて終るの

は、それこそ愚かなことだ。

　財産が多ければ、それを守ることばかりに汲々として、自分の身を守ることがおそろかになる。これすなわち、かの鷦鷯（注、ミソサザイ）という鳥は、「宝を懐ひて以て害を買はず、表を飾りて以て累ひを招かず（財宝を思う者に狙われて危害が及ぶのを避け、うわべを飾ったがための災いを身の上に招かぬようにしている）」と、『文選』にその質朴の徳を褒めてあるのと反対に、現実は、財産が身に危害を及ぼし、また煩わしいことを招く媒介となる。あるいは、『白氏文集』に「身の後には金を堆うして北斗を拄ふとも、生前一樽の酒には如かじ（死んでの後に、いかに黄金が、北極星を支えようかというほど堆く残っていたとしても、そんなものはなんにもならぬ、その価値は生きているうちの一樽の酒にも及ばぬ）」と看破してあるごとく、死後に天に届くほどの黄金があったとしても、死んだ本人にはなんの役にも立たず、却って遺された人には煩わしく思われるばかりであろう。

　そもそもが愚かなる人の目を喜ばせるためにあるような楽しみの数々も、またその実は索漠としたものに過ぎぬ。例えば、大きく立派な牛車、太く逞しい馬、黄金や宝玉の装飾品の数々も、ものの道理を弁えた人は、煩わしく愚かなものだと、そのように見るであろう。されば、「金を山に捐て、珠を淵に沈む（黄金などは山に捨て、宝玉は川の深淵に捨てる）」と歌うた『文選』の文言のようにしたらよい。いずれにしても、利欲などに惑うのは、とりわけて愚かなる人である。

それよりも、時が経っても埋もれることのない名誉を、長き後の世にまで遺そうとすることこそが、まことに望ましいことに違いない。とは言いながら、高位高官に昇り、貴顕の身分となるのが、優れた人だと、そんなふうに言えるのであろうか。否、愚かで無能なる人であっても、たまたま位高い家に生まれつき、その家の盛運に際会すれば、おのずから高位高官にも昇り、奢りを極めた生活をすることもある。反対に、並外れた賢人・聖人ともなると、その人自身俗世の栄達などに汲々としないゆえに、却って自得して卑位卑官に甘んじ、結局時世に受け入れられぬままに終ってしまうことも、また多いものだ。それゆえ、ただひたすらに高位高官に就くことを望むのも、次に愚かなることである。

智恵と心と、そのことで世に優れた誉れを遺したいものであるが、いやいや、それもつらつら考えてみれば、その誉れを愛するということ自体、世俗の人の評判を喜ぶことにほかならぬ。その誉める人も、謗る人も、いずれも現世に永く留まることはできぬ。そうして、後にその評判を伝え聞くであろう人もまた、あっという間にこの世を去ることであろう。されば、いったい誰の手前を恥じ、また誰に知られることを願うのであろう。名誉と申しても、それはまた謗りを受ける基でもある。こう考えてゆけば、死後に名声などが残ったとしても、ますますなんの利益もありはすまい。したがって、これを願うのも、利欲や栄達を望むことの次に愚かである。

ただし、なにも名誉などを望むのでない、ただただ純粋に叡知を求め賢なることを願うという人のために、ひと言付け加えるならば、「智恵出て大偽有り（人間に智恵というものが出来てきたからこそ、大いなる虚偽も生れてきたのだ）」と教える『老子』の文がある。すなわち、才能というものは、あれこれと世俗の煩悩が募ってできたものである。およそ、人から教えられて聞き、学んで知り得たことは、真実の智とはいえぬ。では、どういうのをまことの智というのであろうか。かの『荘子』の教えにも「方に可なれば方に不可なり、方に不可なれば方に可なり。是に因り非に因り、非に因り是に因る。是を以て聖人は由ず而、之を天に照らす（世俗の、ある者はこれを可とし、またある者はこれを不可とする。不可とするかと思えば、可だとする。こうだと言う者があればそうでないという者もある。非だという者もあれば、是だという者もある。それゆえ可不可、是非などの判断に汲々としているのは俗人であって、聖人はそういう世俗の価値判断には拠らないで、これを天意に照らすのである）」とある。すなわち可といい不可というのも、大きな目で見ればみな一つのことである。

それではどういうことを善というのであろうか。『老子』・『荘子』に言うところの至人とか真人とかいう超越的な聖人ともなれば、智もなく徳もなく、なんの功績もなければ名声もない。そうなるとさて、さようの超絶的な境地を、この世俗の我々の誰がいったい伝え知ることができようか。これは、世間の諺に言うところの「徳を隠し、愚を守る」というようなことではさらさらない。もとより賢愚とか得失とか、そういう現象的相対的な世俗の境地に居るのではないからである。

迷妄の心を以て、名誉や利得の願いを追求すると、以上のようなことになろう。俗世の万事はみな空虚なる非存在にすぎぬ。改めて論ずるにも足らず、ましてやそんなものを願うにも足らぬ事柄なのだ。

●〈第三十九段〉 ある人、法然上人に、

ある人が、法然上人に、

「念仏の時に、どうも睡魔に襲われて念仏修行を怠ってしまうことがございますが、どうしたらこの修行の障害をなくすことができましょうか」

と尋ねたところ、法然は、

「目の醒めている時に、念仏なさるがよいぞ」

とお答えになった。まことに尊いことであった。また、

「極楽への往生というものは、必ず往生できると思えば定めてできる、が、往生できるかどうか分らぬと思えば、それは分らぬ」

とも言われた。これも尊い。また、

「往生できるかどうか、内心に疑いながらであっても、念仏をすれば、必ず往生す

る」

とも言われた。これもまた尊い。

●〈第四十段〉因幡国に、何の入道とかやいふ者の娘、

因幡(いなば)の国に、ナントカ入道とかいう者の娘、これが美形だということを聞いて、多くの男どもが言い寄ったけれども、この娘、ただ栗をばかり食って、米・麦・粟(あわ)など穀物のたぐいをいっさい食わなかったので、

「このような偏人奇人は、人様のところへ嫁ぐべきではない」

といって、親は決して許さなかった。

●〈第四十一段〉五月五日、賀茂のくらべ馬を見侍りしに、

五月五日(さつきいつか)、上賀茂(かみがも)神社の競馬(くらべうま)の神事を見物致したところ、牛車の前に下々(しもじも)の者どもがぎっしりと立っているのが隔てとなって、見ることができなかったゆえ、同乗の皆々車から下りて、馬場の柵のほうへ近づいて見ようと思ったけれど、そこらあたりにはまた一段と人が多く詰めかけていて、分け入ってゆくこともできそうになかった。

このような折に、馬場の向こう側にある楝(おうち)の木に登っていて、その木の股にひょい

と腰をかけて見物している法師がいる。それが木につかまりながら、すっかり眠り込んでいて、落ちそうになるとハッと目を醒ます。そんなことが何度も繰り返されていた。これを見ている人が、嘲（あざけ）りあきれて、

「世にも稀なる愚か者よなあ、あれほど危うい枝の上にて、なんの不安もなく眠っているようじゃ」

と言うので、私は心にふと思い浮かんだままに、

「いやいや、我等とていつ死がやってくるか……それは今すぐかもしれぬぞ。そのことを忘れて、こうして競馬見物なぞに一日を費やす、愚かなることは、あの法師よりもずっと甚だしいものを」

と、こう言ったところ、その前に居並んでいた者どもが、

「おお、ほんにその通りでございました。自分たちこそ最も愚かでございます」

と言って、みな後（うしろ）のほうを振り返ると、

「どうぞ、ここへお入りなさいませ」

と言って、その場所を空けて、私どもを呼び入れ申したことであった。

　これしきの道理は、誰でも思いつくに違いないことではあるが、その木の股に眠る法師を嗤（わら）っていた折から、思いもかけず自分らの愚かしさに気付かずにいたことに思い至った心地がして、グッと胸に応（こた）えたのでもあろうか。

人は木や石など無心の物とはちがうのだから、時に応じて、心を動かされることがないとは言えぬ。

●〈第四十二段〉唐橋中将といふ人の子に、行雅僧都とて、

唐橋の中将源雅清という人の子に、行雅僧都といって、真言宗の教義や歴史などを研究する学僧たちが師と仰いでいる僧侶があった。この人には、頭の方へのぼせの上がる病があって、年もしだいしだいに高くなってゆくうちに、鼻の中が塞がってしまって、息をするのも困難になってきたので、さまざまに療治を加えたけれども、病症は亢進するいっぽうであった。そうして、目も眉も額も全体に腫れ上って、目の上に被さってくるようになったので、物も見えず、見たところは舞楽の「二の舞」に用いる面（注、舞楽「案摩」の次に、それを真似て舞う男女一対の面をつけた舞楽で、その女面は腫面といって、顔じゅう腫れ上ったみにくい相貌をしている）のようになっていたが、やがて、ただただ恐ろしい鬼のごとき顔になって、目はあたまのてっぺんに押し上げられ、額のあたりに鼻があるというようなことになり、後には僧坊の内の人にも会うことなく引きこもるようになり、それでも何年も久しく生きているうちに、いっそう病気が進行して、ついに死んでしまった。

こういう奇病も世の中には存在するものだとつくづく感じ入った。

●〈第四十三段〉春の暮つかた、のどやかに艶なる空に、

春の暮れのころ、のどかに優艶な空のもとをゆくほどに、いかにも賤しからぬ人が住むらしい家を見かけたが、その奥深く、木立も古色蒼然としていて、庭に散り萎れている桜花の風情も見過ごしにはできぬと思い、すっと入って行ってみると、南面の格子戸をみな下ろして、人気もなく寂しげな佇まいであったが、東に向いている開き戸が、ちょうどよい程度に開いている……その御簾の破れ目から覗いて見ると、いかにも姿かたちのさっぱりとうつくしげな男で、年の頃なら二十歳ばかり、という人が、ごくくつろいだ服装ではあったが、それでもこの人はいったいどういう御仁であろうと心惹かれるほど、おっとりとした様子で、机の上になにやら巻物の書物を繰り広げて見ていたのであった。

ああ、あれはどういう人であったろうか、尋ね聞きたいものである。

●〈第四十四段〉あやしの竹の編戸のうちより、いと若き男の、

誰が住むとも知れぬ、みすぼらしい竹の編戸（注、竹を編んで作った戸）のなかから、たい

そう若い男が出てきた。折しも月の光のもとゆえ、その色合いまでは定かでないが、艶やかな狩衣に、濃紫の指貫（注、男子貴族の着用するゆるやかな括り袴）という、まことに由緒のありそうな風采で、それがまたかわいらしい童一人を供として、はるばるとした田の中の細道を、稲の葉に置いた露に濡れながら踏み分けてゆく。その間、笛を得も言われず良い音で吹きすさんでいる……ああ、すばらしい笛の音よと聞き分ける人も、こんな田んぼの道のあたりには居るはずもないがと思うにつけても、いったいこの男はどこへ通ってゆくのであろうと知りたくなって、じっと目を離さずにあとを慕ってゆくと、やがて笛を吹くのをやめて、山裾あたり、立派な総門のある邸に入っていった。

この邸のうちには、牛を外して轅（注、牛を付けるための長い柄）を榻（注、牛車を停めておく場合に轅を置いておくための台）に置いて立ててある牛車が見える。……こんな山里に牛車とは、と都で見るよりは目に留まる心地がして、その牛車のあたりにいた下部の男に聞いてみると、

「かくかくしかじかの宮が御滞在中で、御仏事などがござりますのでしょうか」

と言う。

さてこそ、その邸内の仏堂のあたりに法師たちが参集している。

夜寒の風に誘われてくる香の薫りは客を迎えてさりげなく炷かせてあるのであろう

と思われるのも、身に沁みる心地がする。その宮のおわすらしい寝殿(しんでん)から、仏堂へ渡る廊下を通い来る女房たちも、あとにほんのりと香りを残すべく衣に香を薫(た)き込めてあると見える。その心用意の床(ゆか)しさなど、人目もなき山里とも思えぬほどに、しっくりとした心遣いが込められている。

「里は荒れて人はふりにし宿なれや庭もまがきも秋の野らなる（この里はもう荒れ果てて住む人も年老いてしまった家なのでしょうか。庭も垣根もすっかり秋の野原のようになってしまっています）」という『古今集』の歌さながら、野放図に草の茂っている秋の庭は、葉の上に置き切れぬほどしげく置いた露に埋(うず)もれて、虫の音(ね)もなにやら怨みがましく、その庭に引き入れた川水の音もひっそりと静(しず)やかに聞える。こういうところでは、都の空よりは、雲の行き来も速いように感じられて、月も晴れては曇り、また晴れるなど、定めがたい……。

●〈第四十五段〉公世の二位のせうとに、良覚僧正と聞えしは、

従二位藤原公世(じゅにいふじわらのきんよ)卿の兄君で、良覚(りょうがく)僧正と申し上げた方は、極めて怒りっぽい人であった。その僧房の傍らに、大きな榎(え)の木があったので、世の人は「榎の木の僧正」と、そんなふうに呼んでいた。すると、こんな綽名(あだな)はもってのほかだと言って、その

木を伐ってしまわれた。が、あとに大きな根が残っていたので、世の人はまた「きりくい（注、切り株のこと）の僧正」と呼ぶところとなった。これにますます腹を立てた僧正は、その切り株を掘って捨ててしまったところ、その跡が大きな穴となり水が溜まって池となったので、ついには「堀池の僧正」と、そのように呼んだのであった。

●〈第四十六段〉柳原の辺に、強盗法印と号する僧ありけり。

上京柳原のあたりに、強盗の法印と綽名を付けられていた僧侶があった。これはたびたび強盗に出くわしたので、世間の人が、こんな名をつけたという話である。

●〈第四十七段〉ある人、清水へ参りけるに、

ある人が清水観音へ参詣した折に、老いたる尼が途中から道連れとなった。この尼が、道すがら、

「くさめ、くさめ」

と唱えながら行くので、不審に思って、

「尼どの、そうやって何事を仰せになっておるのじゃ」

と尋ねたけれども、なんの返事もせぬ。そうして、なおも同じことを言い続けてい

るので、なんども尋ねたところ、尼は立腹して、

「えぇいやかましい、クシャミをしたときに、こういうふうにまじないをせねば死ぬと申すほどに、わしが乳母としてお仕えした若君が、今は比叡山の稚児としてお仕えなさっておるが、こうしている只今にも、もしやクシャミをされたかもしれんと思うから、こんなふうにまじない申すのじゃ」

と言ったという。これはまた滅多とない殊勝な心がけだったに違いない。

●〈第四十八段〉光親卿、院の最勝講奉行してさぶらひけるを、

藤原光親卿が、後鳥羽上皇の御所にて『金光明最勝王経』を講ずる行事があったときに、その奉行として伺候していたのを、院の御前へお召しになって、お食事をお出しになって食べさせなさったことがあった。食事が終って、あれこれと食い散らした衝重（注、白木で作った食器台）をば、院のおられた御簾の内へさっと差し入れて、そのまま退出していった。それをみた女房たちが、

「あらあら汚いこと。誰に片づけよというつもりでこんなところに」

と語り合っていると、それを聞かれた院が、

「かかる場合の故実に適った致しよう、まことに見上げたことじゃ」

と仰せになって、繰り返し繰り返し御感あそばされたと、そのように伝えている。

●〈第四十九段〉老来たりて、始めて道を行ぜんと待つことなかれ。

老いがやって来たら、その時初めて仏道修行をしようなどと思って待つことではいけない。古い墳墓に葬られている者の多くは少年である。思いもかけぬ時に病を受けて、たちまちにこの世を去ろうとする時、その時にこそ、初めて仏道修行を思いもかけずに過ごしてきた往時が、誤りであったことが思い知られるのである。誤り、というのはほかでもない。今すぐ速やかになすべき仏道修行をのんびりと後回しにし、のんびりと構えていても良いことを急いでして、一生がまさに過ぎてしまったことが悔やまれるのである。その時になって、どんなに悔やんだところで、なんの甲斐があろうか。

人はただ、限りある命の終りが目前に迫っていることを、いつも心にしっかりと思いおいて、束の間もそれを忘れてはいけないということである。そうしておいたならば、現世に於ける煩悩に濁った心も薄らがぬはずはないし、また仏道の勤行をする心がけも真剣にならぬわけもあるまい。

「昔にいたさる高徳の僧は、人が来て自他共に大切な用件について話そうとすると、決まってこう答えた。『今、火急の事があって、それもすでにこの朝か夕方か、いずれ目前のこととして迫っているのじゃ』と、こう断ってから、耳を塞いで念仏に専念して、最後には往生を遂げたのであった」

と、このようなことが、禅林寺の永観が著した『往生十因』に書かれている。また、心戒といった修行僧は、あまりにもこの世が無常で儚いことを思いつめて、しずかに膝を折って座ることすらなく、いつもしゃがんでばかりいたということである。

●〈第五十段〉応長のころ、伊勢国より、女の鬼になりたるを、

応長（西暦１３１１～12年）の頃、伊勢の国から、女の生きながら鬼となったという者を引き連れて上京してきた、という椿事があって、その前後二十日間ばかりというもの、毎日毎日、京や白川あたりの人々が、鬼見物にゆくといって右往左往したものだ。その女が、昨日は西園寺に参ったそうだとやら、いや今日は伏見上皇の御所へ参上するらしいとやら、今現在はどこそこにいるとやら、口々に言い合っていた。しかし、その鬼女を確かに見たと言う人もなく、といって虚言だと断定する人もない。それなのに、身分の上下貴賤に拘らず、みな鬼のことばかり喋々して止まなかった。

その時分に、私も東山から安居院のあたりへ罷り越したところ、四条から上の人

は、みな北を目ざして走っていく。そうして、

「一条室町に鬼がいるぞ」

と、大声で叫び立てている。

今出川（注、一条通りと東洞院通りの交叉する辺りを南へ流れていた川。今はこの川は無い）のあたりから遠望すると、上皇の賀茂祭ご見物のための常設桟敷のあたりは、どうにも通ることができぬくらいに雑踏を極めていた。これほどの騒ぎだから元来が根も葉もないことでもあるまいと思って、人を遣わして検分させたところ、誰一人としてくだんの鬼女に逢ったと言う者もない。日の暮れるまでこんな大騒ぎが続いて、はては喧嘩沙汰まで起こって、まずもってあきれかえるような事どもがあったものだ。

その頃、世上広く、二、三日の患い程度の伝染病が流行ったほどに、思えば、くだんの鬼女の虚言は、この流行り病の前兆であったのだと言う人もござったが……。

◉〈第五十一段〉亀山殿の御池に、大井川の水をまかせられんとて、

後嵯峨院が造立された亀山殿のお池に、大井川の水を引き入れさせなさろうというので、大井あたりの民にお命じになって、水車を造らせられた。多くの銭を下されて、数日もかかって完成させ、いざその水車を掛けてみたところ、さっぱり回転せ

ぬ。そこで、あちこちと手直しをしたけれど、とうとう回ることはなく、無用のままそこに立っていた。そこで、水車の名所たる宇治の里人を召して、調整工夫させなさったところ、たちどころに組み立てまいらせたが、楽々と思うように回転して、水を汲み入れることまことに称賛すべきありさまであった。

なにごとにつけても、その道を熟知している者は、格別のものである。

●〈第五十二段〉　仁和寺にある法師、年よるまで石清水を拝まざりければ、

仁和寺に住していたさる法師が、年を取るまで石清水八幡宮（注、男山八幡ともいい男山という山の上に鎮座する）に参拝したことがなかったので、それを残念なことに思って、或る時ふと思い立って、たった独り、歩いて参詣したのであった。そうして、男山の麓にある極楽寺や高良大明神などを参拝し、石清水八幡宮というのは、これだけのものだと心得て帰ってきた。そうして、朋輩の人に向って、

「長いあいだ思い続けていたことを、やっと果たしました。かねがね聞いていたより遥かに尊いところでおわしましたなあ。しかるに、参詣の人々が皆々山へ登っていかれたのは、上に何があったのでしょうかな。ちと行って見たいとは思いましたが、神に参拝するのが本来の目的じゃと思うて、山の上までは見ませなんだ」

と、そんなふうに語ったことであった。

少しのことでも、よく事情を知る案内者のあることが望ましいものじゃ。

●〈第五十三段〉これも仁和寺の法師、童の法師にならんとする名残とて、

これも仁和寺の法師の話である。寺に召し使われていた少年が、いよいよ剃髪(ていはつ)して法師になろうとする折、可愛い前髪の稚児姿(ちごすがた)への名残惜(なごりお)しみに、皆々芸などして打ち興ずることがあったが、酔いの上の座興が度を過ごして、今申す法師が、そこらにあった脚付きの鼎(かなえ)（注、三本脚のついた金属製の器）を手に取って、頭に被(かぶ)ったところ、つっかえるような感じがしたのも構わず、鼻を無理押しに平たくさせて、グイッと顔を差しいれ、その姿で舞いながら座中に出ていったところ、満座の拍手喝采で興(きょう)がること限りなかった。

しばらくその姿で舞った後(あと)で、さて顔を抜こうとするけれども、いかさま抜けぬ。これには酒盛りの一座もすっかり白けて、「さてこれはどうしたものじゃ」と、みなおろおろするばかり。あれこれと手を替え品を替えして抜こうとするほどに、次第に首の廻りの皮膚は破れ、血が滴(したた)り、腫(は)れに腫れ上がって、しまいに息も詰まってきたので、もうこうなっては仕方ない、その鼎を打ち割ろうということになったが、さて

これがなかなか簡単には割れるものでない。割ろうとして叩くたびに、がんがんと音が響いてなかの法師には堪え難いことであったので、結局割るということもできず、万策尽きて、三つ脚が角のように見えるその上に布の単衣をざっとかぶせて、手を引き、杖を突かせて、京の町の医師のところへ連れていった。いや、その道すがらには、町じゅうの人が怪しんで見ること限りもなかった。

やがて医師の家に入っていって、対面したであろうその有様は、さぞかし異様なことであったろう。法師がものを言うにも、声はくぐもってなにを言っているのか聞こえない。さすがに医師も困却して、

「このようなことは、医学の書物にも出ておらぬし、師匠からの口伝をうけたこともないが……」

と言うて匙を投げた。仕方ないので、また仁和寺に帰って、親しい者、老いたる母など、法師の枕元に寄り合って泣き悲しんだけれど、ご本人はこれを聞くことができたようにも思われぬ。

とかくするうちに、ある者が言うたことは、

「たとい耳や鼻が千切れて無くなってしまおうとも、命ばかりはどうして助けられないということがあろうかや。ただただ力ずくで引き抜きなされや」

と、こういうわけで、藁しべを首と鼎の間にグルッと差しこんで、いくらか鼎と首

のあいだを広げるようにしつつ、首もちぎれるほどに引っ張ったところ、耳も鼻も欠けてしまって、のっぺらぼうのところに穴があいているだけという姿になったが、なんとか抜くことができた。こうして危うい命を助かってからは、ながいこと患うていたことであった。

◉〈第五十四段〉御室にいみじき児のありけるを、

御室（注、仁和寺のこと）にたいそう美形の稚児がいたが、その稚児を何とかして誘い出して遊ぼうという悪巧みをする法師どもがあって、一芸ある遊芸専門の法師などにも声をかけて一味に引き入れ、その上で、ひと風情ある白木の弁当箱のようなものを、いかにも丁寧に作り出して酒食を詰め置き、それを箱のようなものにしっかりと納めて、仁和寺の南にある双の岡の、遊ぶのに好都合なところに埋めておいて、上から紅葉など散らし、まさかそんなところに弁当箱が埋まっているとは思いも寄らぬ様子にしておいた。……と、このように仕込んでから、法師たちは御室に参向して、くだんの美童を誘いだしてきた。

かくて、嬉しいなあと思いながら、あちらこちらと遊びめぐり、先に弁当箱を埋めておいたあたりの、苔むしたところを筵がわりにして一座すると、

「いやはや、ひどく草臥れた、ここらで一休みしようか」

「白楽天の漢詩にも『林間に酒を煖めて紅葉を焼く、石上に詩を題して緑苔を掃ふ(林間で酒を煖めるためには紅葉を焼くことにしよう、石の上で詩を詠ずるには緑の苔を払うことにしよう)』とござるが、まさに紅葉を焼いて一献といきたいものじゃ」

「おお、それなら霊験あらたかなお僧たち、ひとつ祈ってごらんあれ」

などと、もっともらしいことを言い合いつつ、かねて仕込んでおいた木の根方あたりに向って、ジャラジャラと数珠を押し擦り、手に手にことごとしく印など結びつつ、勿体ぶって木の葉を掻きのけたけれども、あに図らんや、そこにはきれいさっぱり何もなかった。これはしたり、場所を間違えたかもしれぬと、あちらこちら、そこらじゅう掘らぬところもないほどに山を漁ったけれども、ついに隠しておいた弁当は出てこなかった。弁当を埋めているのを、誰かが見ていて、法師たちが御室へ参っている間に盗んでのけたのであった。法師どもは、言い訳のしようもなくなって、互いに聞きにくいことを言い合って諍い、みな腹立って帰っていった。

あまりに趣向を立てようとすることは、必ずや良からぬ結果を招くものである。

◉〈第五十五段〉 家の作りやうは、夏をむねとすべし。

家の作り方は、夏に暮しやすいことを専らとして作るがよい。冬は、どんなところにも住むことができる。が、暑い時節に暑苦しい住まいは堪え難いことである。

庭の遣水なども、どんよりと深い水は涼しげもない。水は浅くてサラサラと流れているのが、はるかに涼しいものだ。

細かな造作に目をつけてみるに、引違い戸の部屋は、蔀戸（注、上に吊り上げて開く板張りの格子戸）の部屋よりも明るい。

天井の高い部屋は冬寒く、灯火も暗い。

総じて家の造作は、これといって特段の用途もないような部屋を造り設けてある、そういうのが、見ても面白く、また何事にも役立ってよいものだ、と人々が評定し合うたことである。

◉〈第五十六段〉 久しく隔りてあひたる人の、

久しい時を隔てて会った人が、自分の身の上にあった事を、あれこれと残らず語り続けるのは、まことに興ざめなことである。いかに昔から隔心なく親しんできた人であろうとも、しばらくの無沙汰の後に会うときには、どこか気の置かれるところがあって当たり前である。

教養知性の程度がやや劣るような人は、ほんのちょっとばかり出掛けただけのことでも、今日あった出来事を、息つく間もなくべらべらと語っては面白がっていたりする。これに対して身分も識見も善き人がなにかを物語るときには、聞いている人が大勢いたとしても、そのなかの一人に向って物言うのを、自然とみなが謹聴することになるのである。が、人品骨柄よろしからぬ人は、誰に対して語りかけるというのでもなくて、ただ大勢の人の中にしゃしゃり出て、何事も目の当たりに見ているかの如くに作って話すので、聞いているほうはみな一緒になって笑い騒ぐ、まことに濫りがわしいことである。

すなわち、興味深いことを語っても、それほどには笑い興じたりせぬのと、つまらぬことを言っても、よく笑うということを以て、人品の貴賤が推し量られるというものだ。

また、人の容貌の善し悪し、あるいは才学のある人は学問などについて、みなで評定しあっているというようなときに、自分自身のことをなんでも引合いに出して、俺が俺がと言い募るような人は、まことに興ざめなことである。

●〈第五十七段〉人の語り出でたる歌物語の、

人が語って聞かせた歌の由来の物語の、肝心の歌がろくでもないものだったりするのはがっかりさせられる。すこしでも歌道に通じた人は、凡作の歌の由来などを得々として語りはすまい。おしなべて、まことは良くも弁えない方面のことを知ったかぶりをして語ったりするのは、傍で聞いているのも居心地悪く聞き苦しいものである。

●〈第五十八段〉道心あらば、住む所にしもよらじ。

「仏道帰依の心さえあるならば、住む所の善し悪しなどに拘るまいぞ。家庭を営み、世の人と交わろうとも、後世安楽を願おうことに、なんの難しいことがあろうぞや」と、こんなことを言う人は、後世の願いというものの本質を弁えぬ人である。まことのところを申せば、この世の無常を観念して、かならずや迷妄の世界を脱し生死流転の境界を出たいと思おうならば、何が面白くて朝から晩まで主人に仕えたり家庭を顧みたりする、世俗の営みに邁進したいと考えるだろうか。人の心というものは、周囲との縁に引かれて移ろうものだから、身の回りが閑寂でなくては、仏道修行の道などはとうてい行い得ぬ。

今どきの人は心の器（うつわ）が昔の人のように大きくはないので、たとえ山林に隠遁したとしても、餓（う）えを凌ぐための食べ物や、風雨を防ぐための住家（すみか）などの備えがなくては、とうてい生きていくことができぬ。それゆえ、自然の成り行きとして、世俗に執着（しゅうじゃく）し物欲（ぶつよく）を貪（むさぼ）っているように見えることも、事と次第によって全く無いというわけにもまいるまい。いや、だからといって、

「そういう貪る心が残っているようでは世を捨てた甲斐がない。そんなことなら、どうして世を捨てたりしたのであろう」

などと言って難ずるのは、行き過ぎた論である。とはいえ、ひとたび仏道修行に入って俗世を離れ捨てようとする人は、たとい相応の欲望があるとしても、世に権勢を恣（ほしいまま）にしている人の欲心が多いのとは、決して同じではあるまい。紙の夜具（やぐ）、麻の衣、お鉢に一杯のみの食べ物、藜（あかざ）の葉のような粗末な材料で作る羹（あつもの）という程度の物を乞うとしても、そんな程度の望みがいったいどれほど世間の人たちの負担になることであろうか。求めるところは易々（やすやす）と得られて、その心はたちまち満たされるであろう。かかる粗末な風姿（ふうし）で暮しているならば、いかに欲望が消えぬとしても、悪事からは遠ざかるだろうし、その分、善に近づくことばかりが多い。

人として生れて暮しているその甲斐には、なんとしても俗世から遁（のが）れるということこそが、望ましいに違いない。ただただ欲望に負けて貪ることのみにつながれ、極楽

往生への道に赴くことがないというのでは、よろず畜生の類いと変わるところがあるであろうか……。

●〈第五十九段〉大事を思ひ立たん人は、

人間一生の一大事、すなわち世を捨てて極楽往生するということを思い立つほどの人は、目下手を離しがたく心に懸かっている事を最後まで始末を付けてから、などと思うことなく、そのことも含めてさっぱりと捨て去るようにするがよい。

「もうしばらくがんばって、この仕事を終えてから」

「同じことなら、あのことについてすっかり始末を付け置いて」

「かくかくしかじかの事は、中途で放り投げては、人が嘲り笑うことだろう。だから後になって難癖をつけられぬように、きちんとしておかねば」

「もう何年もこのことに係って来たものを、ここで止めずにその事をすっかり片づけるまで待ってもそれほどの時間はかからぬだろう。されば、そうせっかちに考えることもあるまい」

などなど思うかもしれぬが、そんなことを思っていては、避けられない用件ばかりがつぎつぎと重なってきて、俗事の尽きる際限とてもなく、したがって出家を思い立つ日がやって来ようはずもない。おおかた、世の俗人たちを観察していると、少しは道理を弁(わきま)えて出家など考えることがある人であっても、皆こういうふうなことをあれこれ思っているうちに、一生などは過ぎてしまうように見える。

もしこれが火事だったら、すぐそこで燃えている火から逃げようとする人が、

「まあ、もう少し様子をみてから」

などと悠長なことを言うであろうか。我が身を助けようとするのだから、それはもう恥も外聞もなく、家財も何もかも捨てて逃げ去るに違いない。命も同じで、人の都合など待ってくれるものであろうか、否。命終(みょうじゅう)の期(ご)がやって来ることは、洪水や火事の襲いかかってくるのよりも速やかにして、決して逃れることはできぬものを、その時に、老いたる親、幼き子、君の恩、人の情(なさけ)などなど、いかに捨てがたいからとて、捨てずに済ませるということが出来ることであるか、そんな筈はあるまい。

◉〈第六十段〉真乗院に、盛親僧都とて、やんごとなき智者ありけり。

仁和寺(にんなじ)の真乗院(しんじょういん)に、盛親僧都(じょうしんそうず)といって、まことに徳の高い学僧があった。この人は、里芋の親芋が好きで、これを多く食うのであった。仏法談義の座にあっても、大きな鉢に親芋をうずたかく盛って、これを膝元に置きつつ、食いながら経典を広げて

講説するのであった。また、病気などしたときには、七日、二七日などと日を区切って、療治のためと称しては引き籠っていて、その間、思うさまに良い親芋を選んでは、ことに多く食って、そういうやりかたで何の病でも治してしまった。この芋を人に食わせることは決してない。ただ自分一人のみが食うのであった。もともと極めて貧しかったのであるが、その師匠とする人が、死に際に銭二百貫と僧坊を一つ、盛親僧都に譲ったのだった。すると僧都は僧坊を百貫文（注、一貫は銭千文）で売り払い、その他の資産も合わせて三万疋（注、一疋は十文）の金額を、すべて親芋購入のための費用と定めて、全額を京にいる人に預け置き、芋代として、その中から一回につき十貫文分ずつ取り寄せて、親芋を潤沢に買っては食べておられたほどに、また、他の用途には一切使うこともなく、この銭をすべて芋代として使い果たしてしまった。

「三百貫もの物を、貧しい身に手に入れて、このように取り計らったのは、まことに世にも珍しい仏道修行者よな」

　と人々は評判しあった。

　この僧都が、ある法師を見て「しろうるり」という綽名をつけたことがある。

「それはどんなものじゃ」

　と、人々が尋ねると、

「そういう物はわしも知らぬ。もし実際に在ったとしたら、かならずやこの僧の顔に

上：第六十段　下：第五十一段

似ているのであろうよ」
と答えた。

この僧都は、見目も良く、力強く、大食にて、そのうえ能く字を書き、学問に通じ、弁舌人にすぐれて、真言宗の中心をなす僧で、仁和寺一山のうちでも重鎮と目されていたけれども、世俗の社会を軽視している偏屈者で、なにごとも思うさまに行動し、おおかた人に従うということがなかった。市中の法要などに出て饗応の膳などにつくときも、全員の前にお膳が据えられるのを待つこともなく、自分の前に膳が据えられると、たちまち独りさっさと食ってしまって、帰りたくなったら、ひとりだけつっと立って帰って行ってしまったりした。斎（注、午前中に摂ると定められていた正餐）や、非時の食（注、午後に供せられる非公式の食事）なども、他の人と同じ時を定めて食うことなく、自分が食いたい時には、夜中であろうと暁であろうと食って、眠たければ、昼も自室内に閉じ籠って、どんな大切な用事があっても、人の言うことを聞き入れずして行かず、目が覚めているかぎりは幾晩でも寝ずに、心を澄まして詩歌などを吟じ歩くなど、まことに尋常でないありさまであったけれども、それでも人から厭がられることもなく、すべて許されたのであった。その徳がすこぶる高いところに至っていたからでもあったろうか。

◉〈第六十一段〉御産の時、甑落す事は、定まれる事にはあらず。

皇后や中宮などの御産の時に、屋根から甑（注、瓦製の蒸し器）を落とすということは、常にすると定まったことではない。後産の御胞衣が下りずに滞っている時のまじないである。したがって、後産の滞りがおありでなければ、この事はない。下層階級の習俗からこのことが起こったもので、これといって定まった根拠もない。特に大原の里に製する甑をお召し寄せになって用いるということである。古い宝蔵などに保存されてきた絵巻に、下賤の人が子を産んだところに甑を落としたのを描いてある。

◉〈第六十二段〉延政門院、いときなくおはしましける時、

延政門院（注、後嵯峨天皇の第二皇女）が、まだご幼少でいらした頃、父上皇の御所へ参上する人に、「御言伝て」だとして申し上げなさった御歌。

ふたつ文字牛の角文字すぐな文字
ゆがみ文字とぞ君は覚ゆる

（二つ文字「こ」牛の角文字「い」すぐな文字「し」
ゆがみ文字「く」とそのように父君のことが思われます）

この歌は、つまり「父君を『こいしく』思い申し上げておりなります」と仰せになっておられるというわけである。

●〈第六十三段〉後七日の阿闍梨、武者を集むる事、

宮中の真言院に於て正月八日から七日間挙行される御修法の導師を務める阿闍梨が、警固のための武者を集めるということは、いつであったか、ここに盗人集団が押入ってきたという目にあったということから、「宿直人」と名付けて、このようにことごとしいことになってしまったのである。その新しい一年が吉か凶かというありようは、他ならずこの御修法の最中のありさまに見えるということだから、そこにこのような武者を用いることは、穏やかならぬことである。

●〈第六十四段〉車の五緒は、必ず人によらず、

「牛車のなかでも、五緒の車は、必ずしも乗る人の身分を限定しない。それぞれの家格に従って、各家の分際を昇りつめたときには、これに乗る、そういう種類の車である」

と、このように、ある人が仰せになったことがある。（注、五緒の車というのは、牛車に掛けた簾

に五つの染革の縁を付けてあるものを言う）

●〈第六十五段〉 **このごろの冠は、昔よりは、**

最近の冠は、昔よりは、はるかに高くなっているのである。それゆえ、昔風の背の低い冠桶を持っている人は、桶のへりを継ぎ足して、今用いているのである。

●〈第六十六段〉 **岡本関白殿、盛りなる紅梅の枝に、**

岡本関白殿すなわち近衛家平卿は、今を盛りと咲いている紅梅の枝に、雉子の一番いを添えて、

「この枝に付けて持って参れ」

と、御鷹飼の下毛野武勝に仰せ付けられたところ、

「花に鳥を付けるやり方を存じませぬ。また一枝に二羽付けることも、存じておりませぬ」

と申したゆえ、次に膳部（注、関白家の調理所）の料理人に尋ねられ、さらには家中の人々にもご下問なされて、また武勝に、

「では、そのほうが思うように付けて持って参るがよい」

と仰せになったほどに、武勝は、花も咲いていない梅の枝に一つを付けて進上申したことであった。

その時、武勝が申しておったことは、

「雑木の枝にも梅の枝にも付けるが、梅はまた蕾の付いたのと、もう花の散ったのとに付ける。ほかに五葉の松の枝などに付けることもある。枝の長さは七尺、あるいは六尺、それも枝を切るときには片方から半分まで切り込み、次に反対方向から返し刀を入れて切る。そうして、枝の中ほどに鳥を付ける。また鳥の頭を付ける枝と、脚で踏ませるように付ける枝とがある。さらには、葛藤を裂かずに丸のまま使い、その二ところに付けるがよい。藤蔓の先は、鳥の火打羽（注、鷹の翼の最も下の羽）の長さに合わせて切って、余ったところは牛の角のようにたわめておくがよい（注、このあたり実際どういう形にするのか未詳）。実際にこれを進上するに当たっては、初雪の朝に、鳥を結びつけた枝を肩にかけて、中門のあたりからは、ぐっと威儀をつくろって粛々と参上する。砌の石（注、軒下の雨滴を受ける石畳）を伝って、あえて雪に足跡を付けぬように計らい、鳥の雨覆の毛（注、翼の後方の大きな羽を覆うように生えた小さな羽毛）を少し毟り取って辺りに散らしながら進み、最終的には、寝殿東北の二棟廊（注、寝殿の東北に設けられた部屋で居間や応接間として用いられた）の勾欄（注、手摺り）にその枝を寄せ掛けて置く。そうして、褒美を頂戴したならば、それを肩に掛け、拝礼して退出する。初雪と申しても、沓の先が隠れぬ程度の浅い雪だったら参上しない。雨覆の羽毛を散らすというのは、鷹は獲物の鳥の胴体の細いところを摑んで獲るものだから、その狩の様子を表すということであろう」と申したものだ。

この武勝の言説に従えば、梅の花の盛りの枝には付けなかったようだが、それはどういう謂れであったのだろうか。また、九月の頃に、梅の造花に雉子を付けて、

わがたのむ君がためにと折る花は
時しもわかぬ物にぞありける

（私の頼りとしている君のためにと折った花は、
こうして季節なども弁えず咲くものでございますね）

と言ったという故事は、『伊勢物語』に見えている。さすれば、造花であれば季節などはいつでも差し支えないのであろうか。（注、当時の貴族社会のしきたりを書きつけて後の備忘としたというような一段であるが、これら鷹狩りの獲物の雉進上のことはこの時代すでに廃れつつあって、その正しいありようが分らなくなっていたので、武勝という者の言説などを書き留めておいたのであろうか。具体的にはどのようにしたものか、よくは分らない）

●〈第六十七段〉賀茂の岩本・橋本は、業平・実方なり。

上賀茂神社の末社で、岩本社と橋本社は、それぞれ在原業平と藤原実方が祭神で

ある。しかし、この二社については、世の人がしばしば混同して言い誤っていることゆえ、ある年参詣した折に、老いたる宮司が通り過ぎていくのを呼び止めて、このことを尋ね申したるところ、

「実方を祀ったのは、御手洗川に影が映った所だという伝えがございますので、そうなりますと、橋本社のほうがより御手洗川に近うございますから、そちらが実方であろうと存じます。吉水の和尚（大僧正慈円）が、

　月をめで花をながめしいにしへの
　やさしき人はここにありはら

（月を賞翫し、花を詠めて歌に詠んだいにしえの
　風雅な人はここにあり、あの在原業平〔ありはらのなりひら〕でございますなあ）

と詠まれなさったのは、この岩本の社のほうだと承り及んでおりまするが、わたくしどもよりは、あなた様のほうが、却ってよくご存じのことも、きっとござりましょう」

と、たいそううやうやしい様子で言ったのは、これまことに立派なことだと、私も感じ入ったことであった。

今出川院近衛と呼ばれた女房で、和歌の選集などにその詠歌がたくさん入集している人は、若かった時分に、常に百首歌を詠み出して、その二つの社の御前の水を

汲んで磨った墨で書いて、それを神への手向けとされたものだった。まことに並々ならぬ名誉を得て、人の口に上せられる歌も多い。漢詩を作り、その前書を付けたりなど、どれも立派に書く人であった。

●〈第六十八段〉筑紫に、なにがしの押領使などいふやうなる者の

筑紫の国に、何某の押領使（注、凶賊討伐などのために地方に常置されていた官吏）などというような者があったが、この男は、大根をば万病に著効ある薬だと言って、朝ごとに二本ずつ焼いて食うていること、もう年久しくなった。ある時、館の内に人も居なかったその隙を狙って、敵の勢が襲い来たり、包囲して攻めていた折しも、館の内に兵が二人現れて、命を惜しまず戦うと、みな敵勢を追い返してのけた。まことに不思議なことと思って、

「日ごろ、ここにおいでなさるとも見えぬ人々が、このように戦いなさるとは、いかなる人じゃ」

と問うたところ、

「我等は、ここ何年もの間、貴公が信頼して毎朝毎朝召し上がられている大根どもでございます」

と言って、そのまま姿を消してしまった。

深く信仰を致す時には、こういう功徳(くどく)もあったことに違いない。

●〈第六十九段〉書写の上人は、法華読誦の功

書写山(しょしゃざん)の性空上人(しょうくうしょうにん)は、『妙法蓮華経』を常に読誦(どくじゅ)した功徳が積(つも)って、まさにその『法華経』法師功徳品(ほっしくどくぼん)に説かれているとおり、眼耳鼻舌身意(げんにびぜっしんい)の六根(ろっこん)の清浄(しょうじょう)なる境地に至った人であった。

ある時、旅の途中で、粗末な小屋に仮の宿りを求めて立ち入られたところ、豆の殻(から)を燃やして豆を煮ている音が、つぶつぶと鳴るのをお聞きになってみると、

「疎(うと)からぬ縁(えにし)のあるおぬしらが、よりにもよって恨めしくも俺を煮て、辛い思いをさせるものじゃなあ」

と呟(つぶや)いているように聞えた。また、燃やされているほうの豆殻がはらはらと鳴る音は、

「なに、俺がこんなことを本心からするものか。こうして焼かれるのは、なんぼうにも堪え難いことじゃけれども、それはいかんともできぬ。どうか、そんなに恨んでくださるな」

と言っているように聞えた。

●〈第七十段〉元応の清暑堂の御遊に、

元応（西暦1319～21年）時分の宮中の清暑堂で催された管弦の御遊びに、伝説の琵琶の名器玄上はたまたま行方が知れなかった頃であったが、菊亭大臣今出川兼季卿が、これも名高い名器であった牧馬の琵琶をお弾きになったところ、着座して、まずは柱（注、琵琶のフレット）を探っておられるうちに、どうしたことかその一つが落ちてしまった。御懐に続飯（注、飯粒を練って作った糊）をお持ちになっていたので、それを使ってお付けになったところ、神への供物が運ばれてくるまでの間にほどよく乾いて、なんの差し障りもなく済んだのだった。

これは、どんな恨みがあったのであろうか、見物していた衣被の女（注、衣被は女性が外出時に単衣の小袖を頭上に被いた姿を言う）が、琵琶に近寄ってわざとこれを外し、なにくわぬ顔でもとのとおりに置いておいたものだとか……。

●〈第七十一段〉名を聞くより、やがて面影はおしはからるる

名前を聞くと直ちに、その人の面影が〈たしか……こんなふうだったよな〉と思い

寄せられる心地がしていたのに、いざ実際に会ってみるとまた、前もって思っていたとおりの顔をした人もないものだが……それでも昔の物語など聞くとつい、現在のあの人の家の、そのあたりであったろうなどと思ってしまって、人物までも、今現実に見ている人のなかのだれかれに、心中おのずと思い比べたりするのは、さて誰でもそんなふうに感じるものであろうか。

また、ふとした折に、今現在、目前の人の言う事も、目に見える物も、我が心のうちの感懐も〈はて……こんな事がいつぞや在ったが〉という思いがして、それがいつのことだったかまでは思い出せないのだが、たしかに在った気がする、こんなことは私ばかりが思うのであろうか……。

●〈第七十二段〉 賤しげなるもの。居たるあたりに調度の多き。

下賤な感じのするもの。いつも居るあたりに家具調度が多いこと。硯に筆の多いこと。家中(かちゅう)の守り本尊のお堂に仏像の多いこと。庭の植え込みに石やら草木の多いこと。家のうちに子や孫の多いこと。人と対座してやたら口数の多いこと。神仏(しんぶつ)に願(がん)を立てる誓いの文章に、自分の行なってきた善行(ぜんこう)などをうるさく書きのせてあること。

一方、多くても見苦しくないものは、書物を運ぶ車に載せてある書物、塵(ごみ)捨て場の塵。

◉〈第七十三段〉 世に語り伝ふる事、まことはあいなきにや、

世に語り伝えられている事は……実説ありのままの話などは面白みに欠けるのであろうか……多くはみな嘘っぱちである。

とかく実説以上に大仰（おおぎょう）に人は物を言いなすものだが、まして、年月（としつき）も過ぎ、所（ところ）も隔（へだ）たってしまえば、言いたい放題に話を作って、それをまた筆に書き留めてしまうと、作り話がそのまま定着するに至る。諸芸諸道の名人上手などと言われた人の技（わざ）の超絶ぶりなど、無教養な人で、その道を知らぬ向きは、むやみに感心して神（かみ）わざのように言うけれども、その道に通暁（つうぎょう）した人は、さらさらそのようなことは信じない。伝え聞くことと、実際に見る時では、なにごとも違っているものである。

話すそばから虚言（そらごと）だと露顕（ろけん）するのも構わず、口に任せて言い散らすようなことは、即座にいい加減な法螺話（ほらばなし）だと分る。また話す人が、〈この話はどうもほんとうとは思えないな〉と思いながら、それでも人から聞いたとおりに、鼻のあたりをうごめかして言う場合は、その人の作った話ではあるまいと推量できる。しかしながら、いかにもほんとうらしく、ところどころ敢（あ）えてぼやかしたりしつつ、また自分はよくも知らな

いのだがと言わぬばかりの様子をして、さりながら、話の辻褄をかれこれあわせて語る虚言には、ついついだまされてしまうので恐ろしい。また同じ作り事でも、自分にとって名誉となるように語られる作り話は、言われて向きになって反駁する人はいない。嘘だと分っていても、そこにいる誰もが面白がっているような時には、自分ひとりが「そんなことはなかったがなあ」などと否定するのも無意味だと思って、黙って聞き流していると、やがてはその話の証人にまでされて、嘘が本当のことのように定着してしまう。

とにもかくにも、虚言の多い世の中である。されば、嘘などは常にある珍しくもないことと思っておけば、万事間違わぬことであろう。下賤なる人の話すところは、耳を驚かすようなことばかりある。反対に教養高き人は、『論語』に「子は怪力乱神を語らず（孔子先生は、怪しいこと、力を恃むこと、世を乱すこと、鬼神のことを語らなかった）」とあるとおり、怪しく不条理なことは語らないものだ。

そうは申しながら、神仏のありがたい奇瑞、仏が仮に姿を変えて現世に現れてくださったところの人間の伝記、これらについては、決して信じないようにせよとも言えぬ。これは、世俗の虚言を真に受けて信じてしまっては阿呆らしいと感じて、「まさかこんなことはあるまい」などと敢て言っても仕方のないことだから、大方のところは、本当のことのように受けとっておいて、一途に信じ込むこともせず、反対に、疑い嘲り笑うこともすべきでない。

●〈第七十四段〉蟻のごとくに集まりて、東西に急ぎ、

『文選』に「蜂のごとくに聚り、蟻のごとくに同り（蜂の如くに密集し、蟻の如くに集まる）」とあるように、蟻のように集まっては、東へ西へと急ぎ、南へ北へと走る。その人間には、身分の高い者もいれば賤しい者もいる、老いたる人あれば若い人もある、行くところがあれば帰る家がある、夕べに寝て朝に起きる……などなど、そうやってあくせくと動き回っているのは、そもそも何事であろうか。みな貪欲に生きようとし、利益を求めて止む時がないではないか。

そんなふうにして我が身大事と養生して、行く先に何事を期待するのであろうか。確実に宛てにできることは、ただ老いと死とばかりではないか。その老いや死のやって来ることは速やかにして、刹那の間も止まることがない。さればその老いや死を待つあいだ、何の楽しみがあることであろうか。惑乱している者は、老いも死も恐れぬ。名誉や利欲に溺れて、やがて来る結末の近いことを思うことすらないからである。愚かなる人は、またこれを悲しむ。命が永遠であるかのように思って、万物はみな転変してゆくという道理を知らぬからである。

◉〈第七十五段〉 つれづれわぶる人は、いかなる心ならん。

なすこともなく独り寂しくしていることを悲観的に思う人は、いったいどういう心であろうか……いやいや、雑事に取り紛れることなく、ただ独りだけぽつねんとしているのこそ良いことであるのに……。

世間に立ち交われば、心は外部からの様々な誘惑に囚われて惑いやすく、人に交われば、言葉は他人がどう聞くだろうかという思いに影響されて、自分の本心とは違ったものになってしまう。人に戯れ、誰かと争い、或る時は恨み、また或る時は喜ぶ。一喜一憂心の定まることがない。また、ああもしようか、こうもしようかという思いが妄りに起こって、損か得かというような観念の止む時がない。いわば、惑いの内に酒に酔い、酔いの内に夢を見るようなものである。日々あくせくと走り続けて忙しく、うつけのようになって道理を忘れていること、人はみなこのような状態にある。

まだ真実の仏道を悟らずとも、俗縁を厭い離れて身を閑かにし、世間の俗事に関わることなく、心を平安にするのこそ、わずかの間にもせよ生きていることを楽しむものと言うことができるにちがいない。

『摩訶止観』に「生活人事伎能学問等の諸縁を止めよ（生計のために働くこと、人づきあい、技術芸能、そして学問等諸々の事柄との関わりを止めよ）」ということを教えてあるのは、この意味である。

●〈第七十六段〉世の覚え花やかなるあたりに、

世間の評判も高く華やかな暮しをしている人のところに、なにか不幸があったとか、喜びごとがあったとかいうときに、人が多く訪問し詰めかけているというそのなかに、修行の法師が立ち交わって、門外で案内を乞うて佇(たたず)んだりしているのは、そんなことはせずもがなのことよと思われる。

いや、そのようにする理由が仮にあったとしても、法師というものは、世俗の人とは疎遠でありたいものである。

●〈第七十七段〉世の中に、そのころ人のもてあつかひぐさに

世上、その時分に人々が話の種として言いはやしていることについて、本来そのようなことに関与するべきでない出家者などが、どういうわけか内実を知っていて、あれこれと人にも語り聞かせ、また興味津々で尋ねたりすることは、まったく受け入れがたいことである。ことに、辺鄙(へんぴ)なところに住んでいる修行僧などに限ってまた、俗世の人のことについて、我が事のように根掘り葉掘り尋ね聞き、さてまたどういうわ

けでこんなことまで知ってるのであろうと、不思議に思えるほど、べらべらと喋り散らすように見える。

●〈第七十八段〉今様の事どもの珍しきを、言ひ広めもてなすこそ、

　また、こんにち只今世の中に起こった椿事（ちんじ）などを、あちこちに触れ回って歩くなどは、これまた容認いたしかねるところである。反対に、現今の椿事など、それがもうすっかり言い古されて忘れられるくらいになるまで、いっこうに知らぬままでいる人は、ちょっと憎らしいほど立派に思える。

　しかるに、きのうきょう新参（しんざん）の人などがある時、手前どもだけでお互いに話し慣れている話題や、なにか特別の物の呼びかたなど、仲間内だけで分りあっている連中が、そのほんの片端（かたはし）だけを言い交わし、目引き袖引き、くすくす笑いあったりなどして、新参でなんのことども心得ない人に〈……いったい何のことを言ってるんだろう〉と、おろおろした思いをさせるなど、社交性に欠け、心がけの良くない人が、必ずやりがちなことである。

◉〈第七十九段〉何事も入りたたぬさましたるぞよき。

なにごとも、あまり深入りせぬ様子でいるのがよろしい。立派な人は、知っている事だからとて、そうそう物知り顔で言うだろうか、否(いな)。かた田舎からポッと出てきた人に限って、あれこれのことに、すっかり物知り顔で、さかしらな受け答えをするものだ。されば、時にはこちらが恥ずかしくなるほどの物知りなこともあるけれども、ただ〈どうだい、俺も大したものだろう〉と思っている様子は、見苦しいものである。よく弁(わきま)えている方面のことには、必ずや口重く、こちらが聞かぬ限りは軽々(けいけい)に物を言わぬというのが、立派な態度というものだ。

◉〈第八十段〉人ごとに、わが身にうとき事をのみぞ好める。

およそ人はこぞって、自分にとって縁遠いことばかりを好むように見える。

法師は武芸軍法など凡(およ)そ武士のすべきことばかり熱心にやり、反対に勇猛なはずの東国武者(とうごくむしゃ)が弓の引きかたも知らずして、仏法を弁(わきま)えたるような顔をし、連歌(れんが)をやり、管弦(かんげん)の遊びを嗜(たしな)みあっている。こんなことをしていれば、もともと疎(おろそ)かにしている本業のほうよりも、なお一層人に思い侮(あなど)られるに違いない。

いや、法師ばかりではない。公卿や殿上人と呼ばれるような上つ方の人たちまでも、おしなべて武芸を好む人が多くある。『孫子』に「百戦百勝は善の善なるものに非ざるなり（百度戦って百度勝つとしても、それは戦略として最上のものではない）」と言うてあるが、こういう人たちは、仮に百戦百勝を博したとしても、なお武勇の将としての名声を確固たるものにするというわけにはいかぬ。何故かと申せば、たまたま強運に乗じて敵を粉砕するというような時は、誰でも勇者でない人は無い。しかし、すでに兵は殆ど斃れ、矢も射尽くして、それでも最後まで敵に降伏せず、従容として死に就くと、そういう時に初めて、真の武将としての名誉を顕わすことができるのである。生きているうちは、己の武勇などを誇るものではない。しょせん戦などというものは、人としての道徳からは遠く隔たり、むしろ鳥や獣に近い振舞いなのだから、もともと武士の家に生れた人でなければ、武芸などを好んでも何の益もないことである。

◉〈第八十一段〉屏風・障子などの絵も文字も、

屏風や障子などに書かれた絵も文字も、いっこうに垢抜けない筆遣いで書いてある、そういう時、これらの建具が醜悪だというよりも、そういうものを使っている家の主の人柄のほうがつまらぬものに思われることだ。

上：第八十段　下：第九十二段

おおかた、持っている調度品にしても、それによって、こんな物を有難がっているとは、何とつまらぬ奴よと思わされることがあるに相違ない。いや、こう申したからとて、別段に高級品を持つべきだと言うつもりではない。毀(こわ)れぬようにと思って、ただただ堅牢なだけで品(ひん)のない醜い形に作りたててあるのとか、あるいは敢て珍しいものに見せようという魂胆から、無用の装飾などをゴテゴテと加えなどして、うっとうしいまでの悪趣味となっていることを言うのである。調度は、古風な姿で、あまり大げさでなく、特別に多額の費用を使うこともなくて、それでもどこか品格が宜(よろ)しく具(そな)わっている、そんなものが良いのである。

●〈第八十二段〉うすものの表紙は、とく損ずるがわびしき

「薄い絹の表紙は、すぐに擦れたり破れたりするのががっかりだな」

と、ある人が言ったところ、頓阿(とんあ)法師が、

「薄ものの表紙は、使うほどに上下(かみしも)がすり切れたりして、また巻物(まきもの)などは軸の貝細工の装飾などが落ちての後(のち)こそ、味わいがあるのだ」

と申してござったのは、さすがりっぱな心ばえだと思ったことである。

とかく、数巻で一部を成している冊子本(さっしぼん)などの装訂が統一されていないのを、人は

醜いと言いそしるものだが、仁和寺の弘融僧都が、

「なんでも物を一揃えに整えようなどとするのは、無趣味な者のすることである。よろず不揃いなのがよい」

と言ったのも、これまた立派なことと思うのである。

「すべてなんでも皆、物事の整然と調っているのは、よろしからぬことだ。完全に仕上げないで、すこしだけ未完のままにして置いたものは、面白くまた寿命の延びる思いがする。されば内裏を造立されるについても、かならずや未完成なところをどこかに残すことになっているのだ」

と、ある人が申してござった。古代の賢人たちの著した仏典にしろ外典（注、仏教以外の儒教などの典籍）にしろ、じつは部分的に章段の欠けているものばかり多いのである。

●〈第八十三段〉 竹林院入道左大臣殿、太政大臣にあがり給はんに、

竹林院入道左大臣西園寺公衡殿が、太政大臣に昇進されるについて、なんの不都合なこともおありではないはずのところ、

「そんなのは当たり前に過ぎてつまらぬ。このまま左大臣でやめておこう」

というわけで、そのまま出家なされたことであった。洞院左大臣実泰殿は、この

ことにすっかり感服なされて、御自分も太政大臣になりたいなどという望みはお持ちでなかった。

『易経』に、「亢龍の悔あり（昇りつめた龍は、あとは下ることしかできないので、昇りつめたことを悔いる）」とかいうことがござるぞ。月が満ちれば則ち欠ける、物事もそのように盛りを極めれば衰える。なにごとも、先の行き止まるところまで行くのは、破滅に近づく道なのである。

●〈第八十四段〉法顕三蔵の、天竺に渡りて、

天竺（注、古代インド）から三蔵（注、経すなわち仏陀の教え、律すなわち戒律、論すなわち仏弟子たちの著作の総称）を持ち帰って訳述した高僧法顕が、天竺に渡った折、たまたまセイロンの無畏山中で、青玉の仏像に、商人が故郷漢土の白扇を供養するのを見て、懐かしさに落涙悲泣し、また病に臥しては、漢土の食事を食べたいと願われたという故事を聞いて、

「あれほどの高僧が、なんとまあ、かくあられもなく心の弱った様子を、外国でお見せになったものよ」

と、ある人が言ったのに対して、弘融僧都が、

「まことに心優しく情ある三蔵法師じゃなあ」

と言ったのこそ、まるで法師くさくなくて、心憎いまでのお人柄だと感じ入ったことであった。

●〈第八十五段〉人の心すなほならねば、偽りなきにしもあらず。

人の心などはもとより真っすぐなものではないから、時に偽りということが無きにしもあらずだ。そうはいっても、稀々(まれまれ)には正直一途(いちず)の人が、どうして絶無(ぜつむ)だということがあろうか。自分自身は真っすぐな心でないと思っている者が、人の賢明廉直(けんめいれんちょく)な生き方を見て之(これ)を羨(うらや)むのは、世間にいくらもあることである。しかし、至って愚かな人は、たまさかに賢明なる人を見ても、之を憎むものである。そうして、「なにか大きな利益を得ようとして、少しばかりの利は之を受けずに、偽って世間体(せけんてい)を飾り、それで名利(みょうり)を得ようとしている偽善者だ」

などと言って誹(そし)る。賢人の言行がおのれの心と違っているからといって、こういう嘲(あざけ)りを為す、そのことによっておのずから露呈するのだ……この人は至って愚かな生まれつきが直しようもない人間だな、と。かかる者は、偽りにでもちっぽけな利益すら辞退することができぬ。それゆえ、かりそめにも賢人に学ぶなんてことはできぬ道理だ。

狂人の真似をしているのだと称して都大路を走る……それは即ち狂人にほかならぬ。悪人の真似だといって人を殺せば、即ち悪人である。駿馬を見習おうとするのは即ち駿馬の一類であり、聖帝舜の行実を学ぶ者は即ち舜の仲間である。だから、仮にそれが偽りであっても、賢人の行ないを学ぼうとするのが、即ち賢人なのだということができるであろう。

●〈第八十六段〉惟継中納言は、風月の才に富める人なり。

中納言平維継卿は、花鳥風月を詠ずる詩才に富んでいる人である。この人は、一生お精進の生活で、日々せっせと読経に励み、寺法師（注、三井寺住の法師を比叡山住の山法師と対比してこういう）の円伊僧正と宿坊を同じくして之に師事していたのだが、文保（西暦１３１７～19年）のころ、三井寺が延暦寺の僧兵どもに焼き払われてしまった時、僧坊の主円伊僧正に会って、

「お坊様をば、『寺法師』とこのように今までは申しあげてまいりましたが、寺はもう無くなりましたゆえ、今からは単に『法師』とそのように申しましょうぞ」

と言われたことであった。まことに当意即妙、機知に富んだ申しようであった。

●〈第八十七段〉下部（しもべ）に酒飲まする事は、心すべきことなり。

下賤なる召使いなどに酒を飲ませる事は、よほど注意をしてせねばならぬ。

宇治に住んでござった、ある男、この人は京に具覚房（ぐかくぼう）といって、飾らぬ魅力のある、そうして俗世とは無縁の暮しをしている僧が妻の兄弟であったので、常に親しくつきあっていた。或る時、具覚房を迎えに宇治から馬を遣わしたのだが、その折、

「遠い道のりをやってきたのだ、馬の口取りの男に、まず一杯飲ませてやれ」

といって、酒を出したところ、馬の口を取ってきた男は、頂戴しますといって盃を受け、また受けして、どしどし飲んでしまった。太刀（たち）を腰に佩（は）いて、いかにも頼りがいのある感じであったので、頼もしいことと思って、この男を召し連れて京へ向っていったが、やがて人気（ひとけ）のない木幡山（こはたやま）のあたりで、奈良の法師が警護の兵士をたくさん引き連れてやってきたのに遭遇したのだった。するとこの口取りの男が、

「日の暮れてしまった山の中で、怪しい奴らだ。止まりなされ」

と言って太刀を引き抜いた。そこで相手の兵士どももみな太刀を抜き、矢をつがえなどしたので、具覚房は、手を擦（す）り合わせて、

「こやつは、正体もなく酔っぱらった者でござります。どうか枉（ま）げてお許しくださいますように」

と言った。そこで、奈良法師の一団は、口々に罵ってそのまま去っていった。するとこの口取りの男、具覚房に向って、

「御房はなんと悔しいことをなされたものじゃ。おれは酒に酔ったことなど一度もござらぬ。せっかく一手柄立ててみようとしたものを、抜いた太刀を無駄ごとにして下さったことよ」

と怒り狂って、房をば散々に斬って斬って斬り落としてしまった。そうしておいて、男は、

「おーい、山賊がおるぞ」

と大声で呼ばわったので、里人が挙って出で向ったところ、

「この俺がその山賊よ」

と言って、里人らに走りかかり走りかかり斬ってまわったのを、大勢でよってたかって傷を負わせ、ついに打ち伏せて捕縛なしたのであった。馬は血だらけになり、宇治の大路の家に走り帰った。主はあまりのことに呆れ返って、家来の男たちを大勢現地に走らせたところ、具覚房は、梔子の茂る原に呻吟しつつ臥せっていたのを捜し出して、担ぎ帰った。なんとか命だけは取り留めたが、腰を斬られた傷が深くて、とうとう半身不随となってしまった。

上：第六十八段　下：第八十七段

◉〈第八十八段〉ある者、小野道風の書ける和漢朗詠集とて

ある者が、小野道風（注、８９４〜９６７年）が筆写した『和漢朗詠集』（注、１０１３年頃成立）だと称して持っていたものを、ある人が、

「道風筆と御先祖からご相伝とのことは、よもやいいかげんな事ではございますまいとは存じますが、四条大納言藤原公任卿（注、９６６〜１０４１年）が編纂されたものを、道風が書くということ、これは時代が食い違っておりませぬか。まことに疑わしいことで……」

と言ったゆえ、

「いや、そうでございますればこそ、世にもあり得ないような稀書だというのでございます」

とあって、ますます大切に秘蔵しているのであった。

◉〈第八十九段〉奥山に、猫またといふものありて、人を食ふなる

「奥深い山には、猫またという怪獣がおって、人を喰らうそうな」

と、人が言うのに対して、

「山ではないけれども、このあたりでも、猫が年を経て成り上がり、猫またになって人を喰うという事はあると聞いているが」

と言う者もある。ここに、ナントカ阿弥陀仏とか号して、連歌をする法師が、行願寺のあたりにおったが、その者が、このことを聞いて、〈さては、独り歩きをする者は、よほど気をつけておかなくてはならんことじゃ〉と思っていた折も折、ある所で、夜の更けるまで連歌を巻いての後、たった一人で帰ったことがあったが、ちょうど小川（注、行願寺近くを流れていた川の名）の岸べにて、噂に聞いていた猫またが、ぴったりと狙いを定めて足もとへ、フーッと寄ってくると、たちまちに飛びついてきて、首のあたりを齧ろうとした。肝を消し正気を失って、これを防ごうとしたが、力は抜ける、足も立たなくなって、そのまま小川に転がり落ちて、

「助けてくれい、猫またじゃ、おーい、おーい」

と叫んだので、家々から松明を手に手に灯して走り寄って、見れば、このあたりでよく見知っている僧である。

「これはどうしたことじゃ」

といって、川の中から抱き起こしてみると、折しも連歌での賭け物を取って、扇、小箱などを懐に持っていたのもすべて水に浸かってしまっていた。それにしてもまことに九死に一生を得て助かった様子で、這う這うの体で家に入ってしまった。

実は、飼っている犬が、暗かったけれども飼い主だと知って、飛びついたのであったそうな。

●〈第九十段〉大納言法印の召し使ひし乙鶴丸、

大納言の子息で法印となった方の召し使っておられた乙鶴丸は、やすら殿という者の知遇を得て、常にその屋敷に行き通っていたが、ある時、また出掛けていって帰ってきたところを、法印が、

「どこへ行っておったのじゃ」

と問うたところ、

「やすら殿のところへ、行ってまいりました」

と答えた。

「そのやすら殿とやらは、在俗の男か、それとも法師か」

と、また問われて、乙鶴丸は、両袖を前に重ね合わせて畏まりつつ、

「さあ、それはどうでございましたろうか。頭をば見ることがございませんでしたので……」

と答え申した。が、さて、どうしてまた頭だけが見えなかったのであろうか。（注、

まことに奇妙な話であるが、おそらくこれは、そのやすら殿とお稚児乙鶴丸の男色関係を仄めかした落ちであろう）

◉〈第九十一段〉赤舌日といふ事、陰陽道には沙汰なき事なり。

赤舌日という事は、陰陽道では取り上げない事である。昔の人は、したがってこの日を忌まなかった。それが最近になって、いったい誰が言い出して忌み始めたことやら、「この日にある事は、終りまで貫徹できない」と言って、その日に言ったこと、した事、いずれも首尾よく行かずして、得たものは失ってしまい、企てたことは成らない、などいう。まことに愚かなことである。吉日だからというので、わざわざその日を選んで何かしたとして、そのことが終りまで成就しなかったことを数えてみれば、赤舌日にものごとが不成就だったのと、また等しいことであろう。

どうしてそのように言えるのかというと、しょせんこの世は無常にして転変極まりないところなのだから、目には存在するように見えているものも実際は存在せぬし、「初めの有らずといふこと靡し、克く終りの有ること鮮し」と『詩経』にも見ゆるごとく、物事には始めのあることは確実だが、それが終りまで全うされるとは限らない。されば、志は遂げず、欲望は絶えることがなくして、人の心は定まらない。万物はみな夢幻のように変化して実体のないものである。そんな世界に、いったいどんな事が暫くの間であっても変化することなく止まっていることであろうか。赤舌日を忌むという俗習は、この道理を知らないから言えるのだ。

「吉日に悪を為すに、必ず凶なり。悪日に善を行なうに、必ず吉なり（日が吉日であっても、その日に悪事を行なえば、結果は必ず凶となる。また日が悪日であっても、その日に善を行なえば、必ず吉となる）」

と、こう諺にも言うてある。つまるところ、吉凶のいかんは、その事を行なう人次第であって、日柄によるのではない。

◉〈第九十二段〉ある人、弓射ることを習ふに、

ある人が、弓を射ることを習うについて、甲乙一対の矢二本を手に持って的に向った。そこで師匠が言ったことは、

「初心の人は、二つの矢を持ってはいかん。二本目の矢を頼りにしてしまって、最初の矢を射る心がなおざりになるところがあるからな。毎回、ただ的を外すまいと、この一本の矢に心を集中しようと思うことじゃ」

と教えた。が、たった二本の矢なのに、師の前にてそのうちの一つをいい加減に射ようという心があるなどと、果たして本人は認識しているであろうか。なまけ怠る心

の存在は、本人は認識せずにいるのが現実であるが、師は之を知るのである。この戒めは、万事に共通することであろう。

仏道を修学しようとする人が、夕べには明日の朝があるだろうと思い、朝には夕方があると思って、その時になったら、熱心に勉強しようと心積もりをしている……つまりは自分がそうやって努力を先延ばしにして怠けようとしていることを、自ら意識せずにいるのであるから、ましてや、ほんの一瞬の間においてて、なまけ怠る心があるということなど、どうして認識し得ようか。ことほどさように、ただ今この一瞬のうちに、まさに為すべき事柄を為すことの、なんと難しい事よ。

◉〈第九十三段〉 **牛を売る者あり。買ふ人、明日その値をやりて**

「ここに牛を売る者があるとする。買う人は、明日その代価を与えて牛を引き取ろうと言う。ところが、夜の間に牛が死んでしまったとする……こういう場合には、買おうとする人に利益がある。が、売ろうとする人には損失がある」

と語る人がある。

これを聞いて、そばにいた人が言った。

「牛の持ち主は、たしかに損失があるとはいうものの、またその半面、大きな利益もあるぞ。その故は、およそ命あるものは、死が近いということを知らずにいる……牛がまさにその通りであるが、人もまた之に同じことよ。思ってもいなかったのに牛は死に、思ってもいなかったことだがその主は生きている。一日の命は、万金よりも重い。牛の代価などは、鵞鳥の羽よりも軽い。となれば、万金を得て一銭を失うという人は、損失があったなどというべきでない」

と言うと、皆々嘲って、

「その道理は、牛の主に限ることではあるまい」

と言う。するとまた先の人が、

「さればさ、人が死を憎むのであれば、生きていることを愛するべきであろう。それゆえ、存命の喜びをば、日々に楽しまずにいてよいものであろうか。愚かなる人は、この生きていることの楽しみを忘れて、わざわざ骨を折って他の楽しみを追求し、生きていることという無二の宝を忘れて、危ない思いをして他の財物を貪ろうとする。そんなことをしている限り、その願いは決して満足することがない。生きている間、その生を楽しまずにいて、いざ死に臨んで死を恐れるならば、生きていることを愛するという道理があろうべくもない。人はみな、生を楽しまずにいるのは、死を恐れないからである。いや、死を恐れないのではない、死の近いことを忘れているのである。もしまた、ここに生きるとか死ぬとかいう表層的なありように関わりなく超然としているという人があれば、それこそが正真の道理を心得た人というべきであろう」

と言うので、人々はますます嘲ったことである。

●〈第九十四段〉常磐井相国、出仕し給ひけるに、

常磐井の相国、即ち太政大臣西園寺実氏卿が宮中へ出勤される途中、勅書（注、ここでは上皇の命令書）を持参した北面の武士（注、上皇の御所の警固に当たる武士）が、この殿にばったりと遭遇申し、その場で馬から下りてしまったということがあった。相国は、後に、

「北面の何某は、上皇陛下のご命令書を持っていながら、馬から下り申したという者である。このような不心得者が、どうして君にお仕え申しあげることができるものでござろうか」

と申されたゆえに、上皇はこの北面を免職にして放逐された。

勅書というものは、馬に乗ったままで、捧げて見せ申すべきものである。馬から下りるべきではない、ということである。

●〈第九十五段〉　箱のくりかたに緒を付くる事、

「箱の刳り形（注、文箱など蓋附きの箱の横に付けられる紐を通す為の穴もしくは環）に緒を付ける場合、左右どちらがわに付け申すべきでしょうか」

と、さる有職故実の達人に尋ね申したところ、

「軸（注、左側）に付けよというのと、表紙（注、右側）に付けよというのと両説あるゆえ、どちらでも大事ない。ただし、文箱は、多くは右に付ける。手箱（注、身の回りの小物入れの箱）は左に付けるというのも普通のことである」

と仰せになったことだ。

●〈第九十六段〉　めなもみといふ草あり。

「メナモミ」という草がある。マムシに噛まれたときに、この草を揉んで付けたならば、たちまちに癒えるという。見知って置くように。

●〈第九十七段〉　その物につきて、その物を費し

なにか他の物にとりついて、その物を疲弊させダメにする物も、世の中には無数に

ある。身にシラミあり、家に鼠あり、国に賊あり。つまらぬ奴に財物あり、君子に仁義あり、僧に仏法あり。

◉〈第九十八段〉尊きひじりのいひ置きける事を書き付けて、

高徳の僧の言い遺した事を書きつけて、『一言芳談』とか名付けてある書物（注、鎌倉時代成立の浄土宗高僧の格言集。編者未詳）を読み申したが、そのなかで我が心に思うところに合致するように思えた事ども。

一、しようかしら、いや、せずにおこうかしら、と思うことは、たいていの場合、せぬほうが良いのである。

一、死後来世の安楽を思う者は、糠味噌の瓶一つも持ってはなるまいということである。常時読む経典や、日頃信仰する本尊のようなものに至るまで、良い物を持つなどというのは無益のことである。

一、世捨て人は、物が無いという状態でも一向に困らないというように心がけて暮す、それが最上の生き方である。

一、（もし来世の安楽往生を願うなら）積年の修行によって高位に昇った僧は下位の僧となり、智恵ある者は愚者となり、金持ちは貧乏人になり、技能ある人間は無能になるべきものである。（注、『一言芳談』には、この後に、「今の人はこれにみなたがへり」と続けている。おそらく兼好の思いもこれに同じことであろう）

一、仏道を願うというのは、格別のことではない。ただ仕事もなにもない暇人の身となって、世の中の事どもを心にかけぬようにする、これらのことを第一の道とする。

この他にもいろいろ書かれてあったが、覚えていない。

●〈第九十九段〉堀川相国は、美男のたのしき人にて、

堀川の相国、すなわち太政大臣久我基具卿は、美男で裕福な人にて、なににつけかににつけ、度の過ぎた贅沢をお好みになった。その御子基俊卿を検非違使の別当の任につけておいて、相国はなおその業務を遂行されたが、検非違使庁にある唐櫃（注、脚のついた櫃）が見苦しいというので、立派に作り直されるようにと、基俊卿に仰せつけられた。しかし、この唐櫃は、上代から代々伝わってきたものにて、その淵源がもはや分らなくなっているくらいで、数百年を経ていた。この代々伝承してきた公の物は、古びて破損していることを以て誉れとしているのであった。そこで、軽々に改めがたい物であることを、故実に通暁した官人たちが申しあげたゆえに、この儀はそ

れきりになった。

●〈第百段〉久我相国は、殿上にて水を召しけるに、

久我の相国、すなわち太政大臣久我通光卿は、清涼殿の殿上の間において、水を所望されたが、主殿司（注、宮中の油・薪・炭などを司る役所）の女官が、間に合わせに素焼の器を差し上げたところ、

「いや、まがりを持ってまいれ」

とて、まがり（注、木椀、貝椀、銀碗など諸説あるが正確には分らない）を以て水を召し上がったのであった。

●〈第百一段〉ある人、任大臣の節会の内弁を勤められけるに、

帝が諸大臣を任命する儀式に付随して祝宴を賜るに際し、ある人がその宴の世話役を勤められたが、中務省の起草係が持っていた、肝腎の宣命（注、宣命書きという特殊な和文で書かれた勅令）を受けとらぬままで紫宸殿に参上されたのであった。こんなことは、限りなく礼を失したことであるが、いまさら立ち戻って受け取るというわけにもゆかぬ。さてどうしたものかと思案に暮れておられたが、六位外記中原康綱は、衣かずき

の女房に頼み込んで、件の宣命を持たせて、こっそりと世話役の人に差し上げさせた
ものであった。まことに見事な差配であった。

●〈第百二段〉尹大納言光忠入道、追儺の上卿を勤められけるに、

弾正尹にして大納言の源光忠入道が、師走晦日に宮中で催される鬼やらいの
儀式の奉行を勤められたが、右大臣洞院公賢殿に、その儀式の次第につき教えを請
われたところ、
「又五郎男（注、男は目下の男子を親しみを込めて呼ぶ時の呼称）を師匠とするよりほかに、良い思案
もござるまい」
と仰せになった。その又五郎は、年老いた衛士（注、宮中警固の役人）で、こうした儀式に
よく慣れた者であった。
近衛殿が所定の座に着こうとされた時、軾（注、ひざまずく時膝の下に置く敷き物）を忘れてき
たことに気付き、進行役の官人を呼びつけられたところ、又五郎は衛士のお役目柄、
庭火を焚きながらその場にいたが、
「まずは軾を持ってくるようにお申し付けになるのであろうな」
と、そっと呟いたのは、まことに面白いことであった。

●〈第百三段〉大覚寺殿にて、近習の人ども、

嵯峨大覚寺にあった後宇多院の御所において、院のお側仕えの者どもが、謎々を作っては解いて遊んでいるところへ、医師の丹波忠守が参上してきた。そこで、侍従大納言の三条公明卿が、

「わが国の者とも見えぬ忠守かな」

と、これを謎々になされたが、

「その心は、唐瓶子じゃ」

と解いて一同に笑いあったので、忠守は立腹して帰ってしまった。

（注、この謎解きは、『平家物語』巻一「殿上闇討」に、清盛らの父の平忠盛を殿上人たちがからかって、「伊勢平氏はすがめなりけり」と囃し立てたという故事があるが、そのパロディである。伊勢平氏の平忠盛は眇即ち斜視であったことをからかい、同時に伊勢産の瓶子は垢抜けないので酢甕くらいにしか使えぬと嘲弄したのである。ここでは、丹波忠守が、同じタダモリであっても、こちらは唐人の末裔だから、「唐瓶子」だと笑ったのである）

●〈第百四段〉荒れたる宿の、人目なきに、女の、

すっかり荒れてしまっている家の、人の目も及ばぬところに、ある女……なにやら

物忌みなどのある時分とあって、なすこともなく籠っている……そういう女のところへ、ある人が、お訪ねになろうとして、空に上弦の月がほの暗くかかっている夕方の頃に、人目を忍びつつ尋ねておいでになったところ、犬がワンワンと大げさに吼えて咎めたので、召使いの女が出てきて、

「どちらからおわしましたか」

と尋ねる。そこで、その女にそのまま取り次がせて、家の内にお入りになった。その邸内の頼りなげな様子からして、〈……さて、あの女はこんなところで、どうやって過ごしているのであろう〉と、いかにも心配になった。そう思いながら、粗末な板敷きの間にしばらく佇んでおられたのを、しっとりと静かな調子の、しかし若やかな声で、

「どうぞ、こちらへ……」

と言う人がある。そこで、開け閉ても不自由な感じの引き戸を開けてお入りになった。

家内の有様は、しかし、さまでひどく荒れ果ててもいないで、どこか心憎いまでの趣味が感じられて、灯火は遠いあたりにチラチラしていたが、それでも家具調度の美しさなどが見えて、つい今しがた俄に焚いたとも思えぬ香の薫りがただよってくるなど、この家の主に心が引き寄せられるような風情で、住みなしている。

「門はよく鍵(かぎ)をかけてね。雨が降るかもしれないから……お車は門の下にお停めになって、それからお供の人はどこそこに……」

など指図をしている声が聞える。すると、

「今夜は安眠できそうですわ」

などと囁(ささや)きあっているのが、声を忍ばせてはいるのだけれど、それでもこんなわけもないような小家(こいえ)なので、かすかに聞えてくる。

さて、近況のあれこれを、こまごまとお話しなさると、夜更け過ぎ暁(あかつき)時分の一番(いちばん)鶏(どり)も鳴いた。それから来し方(こしかた)のことから行く末(ゆくすえ)のことまで、真心込めて語り合っていると、こんどは、鳥もはなやかな声でしきりに鳴きたてるのであった。それを、〈……おお、もう夜がすっかり明けてしまったのかな〉とお聞きになったが、未明に急ぎ帰らなくてはならないような人気(ひとけ)の多いところでもなかったので、すこしくのんびりとしておられたところ、戸の隙間(すきま)から曙光(しょこう)が白々とさして来たので、女心には忘れ難いような甘いひと言など言い残して、立ちいでて行かれたところ、梢(こずえ)も庭も、賞嘆すべき美しさで青々と茂り合うている……その四月(うづき)の頃の曙(あけぼの)が、いかにも幽艶(ゆうえん)で趣深い様子であった……その朝のことを思い出しては、桂の木の大きな樹影(じゅえい)がすっかり見えなくなるまで、その人は、このあたりを通るたびに今も懐かしく見送りなさるということである。

（注、この一段は、『源氏物語』の「花散里」に、「忍びて、中川のほどおはし過ぐるに、ささやかなる家の、木立などよしばめるに、よく鳴る琴を、あづまに調べて、掻きあはせ、にぎはしく弾きなすなり。御耳とまりて、門近なる所なれば、少しさし出でて見入れたまへば、大きなる桂の木の追ひ風に、祭のころおぼし出でられて、そこはかとなくけはひをかしきを、ただ一目見たまひし宿りなりと見たまふ。ただならず、ほど経にける、おぼめかしくやと、つつましけれど、過ぎがてにやすらひたまふおりしも、郭公鳴きてわたる。

（中略）

人目なく荒れたる宿は橘の
花こそ軒のつまとなりけれ

とばかりのたまへる、さはいへど人にはいと異なりけりと、おぼしくらべらる。

西面には、わざとなく忍びやかにうちふるまひたまひてのぞきたまへるも、めづらしきに添へて、世に目なれぬ御さまなれば、つらさも忘れぬべし……」というあたり、また同じく「東屋」の「雨やや降り来れば、空はいと暗し。宿直人のあやしき声したる、夜行うちして、『家の辰巳の隅のくづれいとあやふし。この、人の御車入るべくは、引き入れて御門さしてよ。かかる人の御供人こそ、心はうたてあれ』など言ひあへるも、むくむくしく聞きならはぬここちしたまふ」などの典雅な物語世界になぞらえて、自らの色好みなる経験を綴ったものと想像される。ちなみに、所引のところの『謹訳 源氏物語』の訳文を以下に示す。

＊花散里「こっそりと中川のあたりを通り過ぎていったが、そこにささやかな造りながら、木立などの風情ただならぬ家がある。その家のうちから、よく鳴る箏を『東の調べ』に調弦する音が漏れてきた。しばらく小手調べを奏でたかと思うと、何やらん、にぎやかに弾奏するようであった。

その音に源氏は耳をとめた。
邸のすぐ近くに門があったので、さっそく車から身を乗り出すようにして邸内を覗き込むと、大きな桂の木が枝を茂らせ、風に運ばれてくる桂の枝葉の香りが賀茂の祭を思い出させる、このどこか風情のある邸の様を見て、
〈おお、ここは一度だけ通って来たことがある女の家だな〉と源氏は気付いた。そうなると、色好みの心がむずむずと動き出す。
〈もうあれからずいぶん久しいことだが、さて、覚えているだろうか〉と思うと、いささか気が引けるけれど、そのまま立ち寄らずに過ぎてしまうのも残念に思って、しばらく躊躇っていると、ホトトギスが一声、鋭く鳴いて渡っていった。

（中略）

（麗景殿）
人目なく荒れたる宿は橘の
花こそ軒のつまとなりけれ

　こうして訪ねてくれる人もなく、すっかり荒れ果ててしまったこの家には、
あの軒端に咲く橘の花ばかりが、あなたをお招きするよすがになったのでしたね

女御は、ただこの歌だけをそっと返された。
〈ああ、同じ女と言いながら、やはりこの御方は、そこらの人とは別格であったな〉と源氏は、ついつい引き比べずにはいられない。
西面のあたりへは、わざとらしくなくさりげない振舞いで、そっと忍んでいって、三の君の部屋を覗いてみたのだが、源氏のご入来など思いもかけず珍しいことではあり、しかももとより世にも稀な美しさでもあるので、つい怨めしさも忘れてしまったのであろう」

＊東屋「……雨は次第に強くなり、空はますます暗い。

徒然草　〈第百四段〉

宿直の番人の声は聞きも馴らわぬ東国訛りにて、その者どもが夜回りをしている。

『家の東南の崩れが、たいそうあぶねえ』

『おっと、この誰ぞのお車を、中に入れるんであれば、さっさと引き入れてご門の鍵を掛けよ』

『まったく、こういう人のお供人なんて、気の利かぬことはひでえもんだなあ』

など怪しい言葉遣いで怒鳴り合っている。それを聞くにつけても、東訛りなど耳慣れぬ薫にとっては、なんだか気味悪く恐ろしい気がしてくる」)

●〈第百五段〉北の屋かげに消え残りたる雪の、

さる広壮な邸の、北側の家陰に消え残った雪が、たいそう凍っているあたりに、そっと寄せて置いてある牛車の轅も、霜が置いてたいそうキラキラと光って見えるほどに、もう夜明けの空に残った月の光が冴え冴えと落ちているのだが、といって隈々まで曇りなく光が届いているというほどでもなかった。そんな月光のもとに、人の気配もない仏の御堂があって、本殿との間には渡殿が渡してあるのだが、見れば、その渡殿が本殿に接するところに、並々の身分ではあるまいと見える男が、女と二人で下長押（注、外部の簀子と室内を隔てる横木で、部屋の上下にあるが、ここではその下部の下長押である）に腰掛けて、なにやら語り合っている様子である。あれはいったい何を話しているのであろうか……

いつまでも話は尽きぬようであった。傾けた頭（こうべ）の様子、また顔立ちなども、たいそうすぐれているように見えて、なんともいえない良い香（こう）の薫（かお）りが、さっと匂ってきたのには、心底（しんそこ）心が動かされた。何を言っているのかよくも分らないのだが、言葉の端々（はしばし）が、わずかに聞えてきたのにも、惹（ひ）かれるものがあった。

●〈第百六段〉高野証空上人、京へのぼりけるに、

高野山の証空上人（しょうくうしょうにん）が、京へ上（のぼ）ってくる途中、細道で、馬に乗った女が上人とばったり行きあったが、その時、女の乗っている馬の口を取って引いていた男が下手くそに引いて、上人の馬を堀へ落としてしまった。

上人は、たいそう腹を立てて相手をとがめ、

「これは、並び無い乱暴狼藉（らんぼうろうぜき）よな……よいか、御仏（みほとけ）の弟子とて、比丘（びく）、比丘尼（びくに）、優婆塞（うばそく）、優婆夷（うばい）、と四つの品々（しなじな）があるなかでも、比丘より比丘尼は劣り、比丘尼より優婆塞は劣り、優婆塞に優婆夷は劣っている。たかがそのごとくに品下（しなくだ）る優婆夷なんぞの分際（ぶんざい）で、もっとも品高（しなたか）い比丘の我を堀へ蹴り入れさせるとは、これは未曾有（みぞう）の悪行（あくぎょう）であるぞ」

と仰せになったので、女の馬の口引きの男、

「なんのことを仰せになっておられるのやら。おらにはいっこうに聞いても解りませぬじゃ」

と、このように答えたので、上人はますます息巻いて、

「何を言うかっ、修行もせず学もなき男めっ」

と荒らかに言って……そう言ってしまってから、上人は〈おっとしまった、とんだ悪口雑言を口にしてしまった〉と自ら恥入った様子で、馬をそのまま引き返して逃げて行かれたのであった。

まさに、直情にして純真無垢なる上人のお人柄、尊しとすべき諍いであったと言うべきであろう。

◉〈第百七段〉女の物いひかけたる返事、

女からなにか言いかけたときの返事に、当意即妙うまく答え得る男は、なかなか珍しく得難いものだというので、亀山院の帝が御在位の時分、いたずら者の女房どもが、若い公家衆の参内されるごとに、

「ホトトギスをお聞きあそばしましたか」

と問いかけて、なんと答えるかを試みなされた。すると、ナニガシの大納言とかい

う人は、

「数ならぬ身は、よくも聞くことができませぬ」

とて、「数ならぬ身にはならはぬ初音とてきてもたどる郭公かな（物の数でもないつまらぬ我が身には、聞きも馴れない初音でございますから、仮に聞いたとしてもまごまごするばかりのホトトギスでございます）」という藤原為家の歌の心を引いて、このように返答されたのだった。

これに対して、堀川内大臣　源　具守殿は、

「岩倉にて聞いたことでございましたろうか」

と、別邸のある岩倉の地名を挙げてまっすぐにお答えなされたのであった。すると、

「こちらは無難ですね、わざとらしく『数ならぬ身』などというのは、鬱陶しいこと」

などと女達は批評して優劣を定めあわれたことだった。

総じて、男の子を育てるには、女に笑われぬ男になるよう育て上げるのがよいとそのように言われている。

「浄土寺前関白殿（注、近衛師教を指すらしいが、その父忠教とする説もある）は、幼い時分に、安喜門院（注、後堀河天皇の皇后有子、師教の大伯母）がよくよくお教えあそばされたる故に、お言葉などきちんとしておられるのだよ」

と、ある人が仰せになったとか。また、山階左大臣洞院実雄殿は、

「取るに足らぬ下女などが自分の顔を見るだけのことでも、気恥ずかしくて、ついつい気を使ってしまうな」

と、そのように仰せになったことがある。

されば、もし女の居ない世の中だったら、装束(しょうぞく)の着方(きかた)も冠のかぶりかたも、それがどうであろうと、引き繕(つくろ)うてきちんとする人もござるまい。

このように、男たちから一目(いちもく)置かれている女という存在が、さてそれではいったいどれほど素晴らしいものかと思うてみれば、なに、女の本性(ほんしょう)は皆歪(ゆが)んだものである。我こそはという執念が深く、貪欲(どんよく)さも甚(はなは)だしく、物事の道理を弁(わきま)えず、ただ迷妄(めいもう)のほうばかりに心はすぐ移ってしまい、口先は達者で、そのくせこちらが何か尋ねると、話しても差し支えないような事柄でも答えなかったり、それではよほど心用意があるのかと見てみれば、また、呆れ返ったような事までも、問わず語りにべらべらとしゃべり出す。悪巧みを深く構えて表面を飾るということにかけては、男の智恵よりも勝(まさ)っているかと思えば、その偽(いつわ)りが、のちには露顕(ろけん)するということを思わない。まことに心素直(すなお)ならずして愚かしいものは女である。

されば、その女の心に従って良く思われようなどということは、嘆かわしいこととせねばならぬ。

したがって、どうして女に一目(いちもく)置かれたいなどということを思う必要があろうか。

百歩譲って、もし真に賢い女というものがあったとしても、それはそれでつきあいにくく、がっかりするような者に違いない。

ただ色情に囚われて女に引き回されているような時には、女が優美なものにも思えるし、つきあうのが面白くも感じるのだと、そう思うて然るべきことである。

●〈第百八段〉寸陰惜しむ人なし。これよく知れるか、愚かなるか。

ほんのわずかの時間を惜しむ人はいない。これは、時間がわずかで役に立てようがないことを知っているからなのか、それとも、愚かなので惜しむべきことに思いが至らないのか。そこで愚かにして時を惜しむことを怠る人のために一言申すならば、一銭の金は軽い、軽いけれどもそれを重ねていけば、やがては貧しい人を富める人となすのだ。されば、商人が一銭を惜しむ心には切実なものがある。

時間もこれに同じで、一刹那は極めて短時間なので、人はそれを意識しない。しないけれども、これをどんどんやり過ごして止まることがなければ、命を終えるその時が忽ちに至るのだ。

それゆえ、仏道修行をする人は、遠い将来の日月を思うというような悠長な時間の惜しみかたをしてはならぬ。ただ「今」の、この一刹那を念じて、その一瞬が過ぎることを惜しむというようでなくてはならぬ。もしここに人がやって来て、自分の命が明日は必ず失われるにちがいないと告知することがあったならば、その時は、今日の一日が暮れるまでの間に、何事を期待し、何事を営むことができようか。自分らが生きている今日の日が、明日は死ぬと告知されたその日となんの違いがあることであろう。一日のうちに、飲食し、大小便を通じ、睡眠し、言葉を話し、歩き、などなどせずには済まぬことのために多くの時間を使ってしまう。そうしてその残った時間はもういくらもない中で、無益の事を為し、無益の事を言い、無益のことをあれこれ考えて、時を過ごすのみならず、結局そんなふうに無益なことばかり重ねて、日を消し、何ヶ月にも亙って時を過ごして、一生を送る、これはもっとも愚かなことだ。

謝霊運は、『妙法蓮華経』を漢訳したときの書記の役目を果たしたが、心には常に風雲に乗じて出世栄達を遂げたいという俗意があったので、法華念仏の結社白蓮社を創った高僧恵遠は、謝霊運が白蓮社に交わることを許さなかった。すなわちほんの暫くの間でも、目前の一刹那が過ぎるのを惜しむ心が無い場合は、生きていても死人と同じである。

時間をなんのために惜しむのかと問われたならば、それはすなわち、心中に俗念なく、外界世俗の雑事に関与せず、悪事を止めてひたすら観念工夫し、もっぱら修行の功を積むべきだからだということである。

◉〈第百九段〉高名の木のぼりといひしをのこ、

名高き木登り名人と呼ばれていた男が、人に指図(さしず)して高い木に登らせ、梢(こずえ)を切らせた折のことである。はた目にはたいそう危険のように見えた高いところでは何も言わなかったが、降りてくる時に、軒ほどの高さにまでなって、

「過(あやま)ちをするでないぞ、注意深く降りて来いよ」

と言葉をかけてござった。そこで、

「こればかりの高さになったならば、飛び降りたとて降りることができように、なぜそんなに注意するのじゃ」

と尋ね申したところ、

「その事でござります。目が回るような高さの、枝が折れそうで危険なあたりでは、本人も恐ろしく思いますゆえ、私は何も申しませなんだ。が、過(あやま)ちと申しますものは、えてして安全な所になってから出来(しゅったい)しがちなものでござりますから」

と答えた。

わけもない下賤な者であるが、これは『易経』に「君子は安けれども危(あやふ)きを忘れず(君子は安全安泰な時にも常に危険のあることを忘れない)」などとした古(いにし)えの聖人の教えに適(かな)っている。また蹴鞠(けまり)でも、難しいところをうまく蹴り出したあとで、もうこれで安心だ

と思った途端に落とすものだ、ということをその道の教えとしてござるそうな……。

●〈第百十段〉双六の上手といひし人に、

双六（注、大陸から伝来した盤上の遊戯で、バックギャモンの一類）の上手と言われた人に、その勝負のコツを尋ねてみたところ、

「勝とうと思って打つべからず、負けぬようにしようと思って打つべきである。さてどちらの手が早く負けるだろうかと、そこを思案して、その負けの手を使わずに、一目なりとも遅く負けると思われる手を選ぶのがよい」

と言う。


これこそ、その道を知っている人の教えと申すべく、身を治め、国を保とうとする道も、またこれに同じことである。

●〈第百十一段〉囲碁・双六好みて明かし暮らす人は、

「囲碁・双六を好んで、明け暮れそんなことで暮している人は、殺生・盗み・邪淫・嘘言の四重罪や、父殺し・母殺し・仏道修行者殺し・朋輩修行者の和を破る・仏身を傷つけて血を流す、という五逆罪にもまさりおる悪事じゃと思うぞ」

上：第百九段　下：第百三十八段

と、ある修行の聖が申したことは、今も我が耳に留まって、たいそう尊く思うていることでござる。

◉〈第百十二段〉明日は遠国へおもむくべしと聞かん人に、

明日は遠国へ旅立つに違いないと聞いている人に対して、心静かに行なわなければならない事を、人は言いかけるであろうか。目前に差し迫った一大事をも片づけながら、切実に嘆く事がある人は、他の事は聞き入れぬだろうから、他人の心配事やお祝い事などを見舞うこともあるまい。またそういう時に挨拶が無いからといって、どうして何も言ってこぬのじゃと恨む人もあるまい。さすれば、年齢も次第に頽齢に赴き、病にも取りつかれ、ましてや俗世を捨てて出家したような人は、またこれと同じことであろう。

人間の儀式というものは、どれもこれも一つとして、せずに済ませるわけにはいかないなどというものもない。世俗の習わしでやむを得ずやっていることについて、これを必ずせねばならぬことと定めたならば、だれでもやりたいことは多いし、体も苦しく、心の余裕もなく、結果的に一生は、つまらぬ雑事に対して義理を立てるようなことに妨げられて、空しく終ってしまうであろう。かの白楽天の偈句に「日暮れて途遠し、吾が生已に蹉跎たり（日が暮れてしまったが、なお前途の道は遠い。私の一生はすでに躓き進まずにいる）」（注、この偈句は『白氏文集』には見えず、後世明代の『諸上善人詠』に引かれていること『徒然草文段抄』にあり）と言うてある状況そのままだ。今やこの身に纏っているなにもかもを放ち捨てるべき時だ。人に対する信義も守るまい。礼儀なども思うまい。こういう心を理解できない人は、私を物狂いだとも言わば言え。正気でない、人情がないとも思ったらよい。どんなに誹られてもちっとも苦にはせぬ。誉められても聞き入れまいぞ。

●〈第百十三段〉 四十にもあまりぬる人の、色めきたる方、

四十歳を過ぎて分別盛りの人が、好色めいた方面につき、万一にもこっそりとやっているとしたら、まあどうにもしかたないというものだ。が、それをあからさまに口に出して、男と女の色事のあれこれなど、自分ばかりか他人の身の上のことまでも言い戯れるなどということこそ、年甲斐もなく、いかにも見苦しいことだ。

おおかた、聞き苦しくまた見苦しいことは、老人が若い人に交じって何か面白がらせようと下らぬことを言っていること、物の数でもない賤しい身の上で、世間に声望のある人を、まるで同列の知友であるかのように言っていること、貧しい家で酒宴を好み、客人を呼んで饗応しようなどとはしゃいでいること。

◉〈第百十四段〉今出川のおほい殿、嵯峨へおはしけるに、

今出川の大臣、すなわち西園寺公相卿が、嵯峨へお出ましになった折、有栖川のあたりにあって、水の流れている所で、牛飼童の賽王丸が牛車を牽かせていた牛を急ぎ追ったところ、牛の蹴立てた水が牛車の前板にまでザザッと懸かってしまった。その時、随行していた為則（注、伝未詳）は、牛車の後方の席に陪乗していたが、

「とんでもない童じゃな、こんなところで御牛を急がせるやつがあるか」

と言ったところ、大臣はにわかにご機嫌が悪くなって、

「きさまは、牛車の御し方を賽王丸以上に分ってはおるまいに。けしからぬ男じゃ」

と仰せあって、為則の頭をお車にぶち当てられたことであった。

この名高い賽王丸は、太秦殿（注、未詳）に代々仕えて帝の御料車を扱っていたほどの牛飼童である。

この太秦殿に仕えていた女房の名ども、一人はひささち、一人はことつち、一人ははふはら、一人はおとうしと付けておられたことだ。

（注、水の流れている悪路では牛を急がせて進まないと車輪が泥濘に沈んで動けなくなるので、このように賽王丸が故実に従って計らったものを、その故実を知らぬ為則が叱ったので、大臣の勘気を蒙ったというわけである）

◉〈第百十五段〉宿河原といふ所にて、ぼろぼろ多く集まりて、

宿河原（注、現在の川崎市宿河原か）という所で、ぼろぼろ（注、堕落した修行僧ともいうべき半僧半俗の無頼の徒らしい。有髪で弊衣、帯刀して乱暴を働いたらしい）がたくさん集まって、九品の念仏（注、上品上生から下品下生に至る九種類の浄土それぞれに応じた念仏の謂いかと思われるが詳しいことは分らない）を申しておったところ、そこへまた他所から入ってきたぼろぼろが、

「もしや、この御中に、いろをし房と申すぼろがおいでであろうか」

と尋ねた。すると、その一団の中から、

「いろをしならば、ここにござる。そう仰せになるのはどなたじゃな」

と答えた者がある。そこで、

「それがしはしら梵字と申す者である。わが師匠のナニガシと申した人は、東国にて、そのいろをしと申すぼろに殺されてしまったと承っておるゆえ、その人に会い申して恨みを晴らし申そうと思うて、こうして尋ね申すのじゃ」

という。いろをしは、

「殊勝にも尋ねておいでになったな。たしかにそういう事がござった。ここにておの相手を申し上げるにおいては、神聖なる念仏の道場を汚すことにもなりましょう。前の河原にて果たしあうことにいたそうぞ。くれぐれもくれぐれも、わきに付いておい

での人たちは、どちらにも助太刀なさらぬようにな。このことによって多くの人たちが怪我でもいたせば、それこそ仏事の妨げになることでござりましょう」

と、このように固く約して、二人で河原へ出て果たしあい、心ゆくまで互いに差し違え合うて、ともに死んでしまったことであった。

ぼろぼろというものは、昔は無かったという。近き世になって、梵論字・梵字・漢字などと言うておったものが、その始まりだとか聞く。世を捨てたように見えて、しかし我執が深く、仏道を願うように見えて、そのじつ喧嘩沙汰を日々の暮しぶりとしている。放埓で恥知らずの有様ではあるが、死を軽んじて少しも命に未練を持たないのが潔く感じられて、こんな話を人が語って聞かせたままに、こうして書きつけ申すことである。

●〈第百十六段〉寺院の号、さらぬよろづの物にも、

たとえば寺院の名前にしろ、あるいはそのほかさまざまの物にしろ、名を付けるという事を、昔の人は、すこしも凝ったりせず、ただありのままに、さらりと付けたものだ。しかし、このごろは、深く思案を巡らし、おのれの学識などを見せつけようとして名付けるように感じられる。これはまことに鬱陶しいことである。人の名でも、

敢(あえ)てあまり使われない佶倔(きっくつ)な文字を名に付けようとするのは、無益なことである。なにごとも、ただ珍奇なることを求め、または敢て通説と違った説を好むなどというのは、浅学非才(せんがくひさい)の人に必ずあることだと言うべきである。

●〈第百十七段〉 友とするにわろき者、七つあり。

友とするに悪い者は七つある。すなわち、一つには、高貴の身分で高位高官にある人。二つには、若い人。三つには、病がなく身体強健の人。四つには、酒を好む人。五つには、猛々(たけだけ)しく血気盛んな武士。六つには、嘘つきな人。七つには、欲深い人。

良き友に三つあり。一つには、物をくれる友。二つには医師(くすし)。三つには、智恵ある友。

●〈第百十八段〉 鯉のあつもの食ひたる日は、鬢そそけずとなん。

鯉の羹(あつもの)を食べた日は、鬢(びん)の毛がほつれてこないという。鯉は膠(にかわ)にも作る素材であるから、粘着的なものであるにちがいない。

諸々(もろもろ)の魚のなかで独り鯉ばかりは、帝の御前(ごぜん)においても切り捌(さば)かれるものであるから、つまり身分高き魚である。鳥ならば、雉(きじ)が、やはり無双に品高(しなたか)きものである。雉や松茸などは、宮中の御湯殿（注、湯を沸かし調理する所）の内に掛けてあっても問題はない。その他の食材が掛けてあるのは、厭なものである。後醍醐天皇の中宮の御方の御湯殿の上の黒いお棚に雁が見えていたのを、北山入道殿すなわち西園寺実兼卿がご覧になって、自宅へお帰りになられてから、即座にお手紙をよこされ、そこに、

「このような物は、そのままの姿かたちでお棚に置いてございましたのは、見も馴れぬことで、いかにも見てくれが宜しくないことです。故実などに通じた、しかるべき人がお側に伺候しておらぬ故でございましょう」

などと申しておられたことだった。

●〈第百十九段〉鎌倉の海に、かつをといふ魚は、

鎌倉の海にて、鰹と言っている魚は、あの辺りでは無双の美味として、このごろ持て囃している物である。が、その物も、鎌倉の年寄の申してござったことには、

「この魚は、わしらが若かった頃までは、しかるべき身分の人の前になど出ることはござりませなんだ。しかもその頭ともなれば、下賤の者も食わず、切って捨ててしまったものでござったがな……」

と申したものだ。こんな物でも、末世の今時分ともなれば、上つ方の食膳にまでも

入り込むということになったというわけである。

●〈第百二十段〉 唐の物は、薬の外は、なくとも事欠くまじ。

唐渡りの物は、薬種のほかは、特に無くても大事なかろう。漢籍や仏典などの書物は、すでに我が国でも多く広まっているゆえ、そこから書き写すこともできる道理だ。わざわざ唐土の船が、困難な海路を凌いで、無用の物ばかりを満載して、うるさいほどに運んでくるというのは、まことに愚かしいことである。『書経』には、「遠き物を宝とせざれば、則ち遠き人格り云々（もし君主が遠方の国の物を宝として欲しがることがなければ、則ちその国の人は掠奪を恐れることなく、安んじてこの国にやってくる……）」とあり、また「得難きの貨を貴びざれば、民をして盗むを為さざらしむ（君主が宝を珍重することがなければ、そのことが民どもに盗みをさせぬ基となる）」と『老子』に見えているとか……。

●〈第百二十一段〉 養ひ飼ふものには、馬・牛。

養い飼っておくべきものは、馬と牛である。これらの獣を綱で繋ぎ苦しめるのは、まことに胸が痛むけれど、我等人間の生活になくてはならぬ物ゆえに、いかんともできぬ。また犬は、我等を守り、敵を防いでくれるという働きが、人にもまさっているから、これは必ず飼うべきである。とはいいながら、犬はどの家にもたいてい居るものだから、わざわざ探し求めて飼わずとも済むことであろう。その他の鳥や獣は、すべて飼うこと無用のものである。走る獣は、檻に閉じこめられ、鎖に繋がれ、また空を飛ぶ鳥は、翅を切り、籠に入れられて、雲を恋しく思い、いずれも野山を自由に飛び駆けりたく思う、その憂愁は止む時がない。その鳥獣の思いを、我が身に引き当てて考えたときに、いかにも我慢がなり難いと思う人は心ある人であるから、これらを飼うなんてことを楽しむことができようか。生きているものを苦しめて、以て目を喜ばせるなどというのは、古代の桀王や紂王のごとき暴虐の心にほかならぬ。反対に晋の文人王子猷が鳥を愛したのは、林のなかで鳥たちが自由に楽しむのを見て、自らの散歩の友としたものである。鳥を捕えて苦しめたのではない。そもそも、「珍しき禽奇しき獣、国に育はず（希少な鳥や奇珍な獣は、国の内に飼育するものではない）」と、『書経』に歴々と見えていることである。

◉〈第百二十二段〉人の才能は、文あきらかにして、

人の学識や能力は、まずは然るべき典籍に通暁していて、古代の聖賢の教えを知っていることを以て第一とする。それに次いでは、きちんとした字を書くこと、これ

はそれを専門にすることはなくとも、かならず習うのがよい。学問をするのに良い手がかりにもなるからだ。次には医術を習うのがよい。体を養い、人を済け、君に忠義を励み、親に孝行を尽すということも、医術でなくては果たすことができぬからである。その次に、弓を射ること、馬に乗ること、これらは、古代の唐土において、礼・楽・射・御・書・数と言った周の六芸の中に見えている。したがって、必ずこれを嗜んでおくべきである。かくて、文・武・医の三つの道は、まことにどれ一つとして欠けてはならぬものである。それゆえ、これらを学ぼうとする人を指して、無駄な努力をする人だなどと誹るものではない。次に、食は、『帝範』にも「夫れ食は人の天たり（そもそも食物は人間にとって天の恵みともいうべきものだ）」と教えてあるように大切なものである。能く味わいを調える方法を知っている人は、それを大いなる能力とするべきである。次に、細工の技能。これは何を作るにも万事要になることが多い。

これら以外の瑣末な事どもにあれこれ多能だというのは、君子の恥ずるべきところである。（注、ここは『論語』子罕篇に「吾少かつしときに賤しかりき、故に鄙事に多能なり。君子多ならんや、多ならず（私は若かった頃に卑賤の暮しであった、その故につまらぬことに多能なのです。しかし本当の君子というものは、多能なものでしょうか、いやそんなことはありません、君子はつまらぬことには関わらず、本質的なことのみに通暁しているものですから）」とあるのを下敷きにしている）

ただし、詩歌に巧みであること、管弦の楽に妙手であること、これらは優美で奥深い技芸であって、公家(くげ)社会においては、これを重んじることではあるが、今の世にあっては、これらの詩歌管弦のようなことで世を治めるなどということは、次第に愚かなことと見做(みな)されるようになった。それはすなわち、美しい黄金(こがね)は優れたものだけれども、鉄(くろがね)が万事に有益なのには及ばないというのに似ている。

●〈第百二十三段〉無益のことをなして時を移すを、

何のためにもならぬことをして時間を過ごすのを、愚かな人とも、心得違いをしている人とも言うことができる。およそ、人は、国のため、主君のために、止むを得ざるかたちで何かをするということが多い。すると、それ以外の暇(ひま)なる時間は、じつはもういくらも残っていない。思ってもみるがいい、人の身として、どうしても廃することができぬために営んでいるところは、第一に喰う物、第二に着る物、第三に居(い)る場所である。人間の大事は、つきつめればこの三つに集約される。餓えず、寒からず、風雨に侵(おか)されぬようにして、閑(しず)かに過ごすのを楽しみとするのである。ただし、人にはみな何らかの病がある。病に冒(おか)されてしまったならば、その苦しみは忍び難いものがある。だから医療をも必須のこととして忘れてはならぬ。医の内に薬を加えて、総じてこの四つの事を求め得ないことを、貧しいというのである。そしてこの四つが欠けずに揃っているのを富んでいるとするのである。さらに、この四つ以外のものを求めてあくせくするのは、これを驕りとする。この四つのことにつき倹約本位に過ごすならば、誰がいったい不足だなどと思うことであろうか。

●〈第百二十四段〉是法法師は、浄土宗に恥ぢずといへども、

是法法師は、浄土宗の僧のなかでは誰にも後れを取らぬ学識の主であるが、それでも学問を衒うようなことがなく、ただ、明け暮れ念仏に専念して、安らかに世を過ごしている……その有様は、まことにこうありたいものだと思うところである。

●〈第百二十五段〉人におくれて四十九日の仏事に、

誰かに先立たれて四十九日の法要に、ある修行僧を招き申したところ、その説法がいかにも水際立っていて、みなみな涙を流したことだった。導師の僧が帰った後に、聴聞していた人々が、

「いつもより、きょうのお説法はまたいっそう尊く思えたことでござりましたなあ」

と感嘆し合ったあとで、それに答えて、ある者が、

「なんと申しても、あのお説法の姿が、あれほど唐の犬に似てござったほどになぁ、

ありがたいわけじゃ」

と言ったのを聞いて、感銘もすっかり冷めて可笑しいことであった。いったい、こんな導師の褒め方があるものであろうか。

また、そう言った人が、

「人に酒を勧めるについて、おのれがまず頂戴して、そのあと人に無理やり差し上げようとするのは、まず剣にて人を斬ろうとするのに似ておることですな。剣と申すものは、両側に刃が付いておるものだから、持ち上げる時に、まずは自分の頸を斬ってしまいますからな、人をよう斬りませんぞや。されば、酒もおのれがまず呑んで酔いつぶれてしまった日には、相手の人はどうでもお呑みにはなれぬはず……」

と、こう申した。この人は、果たして剣にて斬るのを試みたことがあるのであろうか。まことに可笑しなことであった。

●〈第百二十六段〉 ばくちの、負きはまりて、

「博奕を打っているときに、いよいよ負けが込んで、もうこれで最後と残りの金一切を賭けて勝負をしてこようというような人に対しては、決して打ってはいかん。負けが極まればそこで運気は逆転、以後は続けて勝つという時が到来しているのだと知る

べきだ。その『時の運』を知る者を、腕の良い博奕打ちと言うのである」

と、ある者が申しておった。

●〈第百二十七段〉あらためて益なき事は、

改めても益のないことは、改めないのを良しとするのである。

●〈第百二十八段〉雅房大納言は、才かしこく、よき人にて、

土御門雅房大納言（つちみかどまさふさのだいなごん）は、学才にすぐれ、また家柄人格ともに立派な人なので、時の上皇（注、伏見院か後宇多院か、諸説あって定め難い）は、この人を近衛（このえ）の大将（だいしょう）にも任じたいとお思いになっていたが、その頃、上皇のお側（そば）に仕えていた人が、

「たった今、呆れるようなことを見てございます」

と申しあげたので、上皇は、

「何事であるか」

とお尋ねなされた。すると、

「雅房卿が、鷹に餌を与えようとして、生きている犬の足を斬っておりましたのを、隣家の垣根の穴から見たことでございます」

と申しあげたので、上皇はこれを疎ましいことだと憎くお思いになられ、日頃はお覚えめでたかったのがすっかり一変して、大将への昇進もとんと沙汰やみとなった。あれほどの人物が、鷹を飼っておられたとは思いもかけぬことであったが、この犬の足を斬ったなどとは事実無根のことであった。虚言によって讒せられたのはお気の毒であったが、このようなことをお聞きあそばされて、それをお憎みになられたお上のお心は、たいそう尊きことである。

おおかた、生きているものを殺し、または痛めつけ、あるいは互いに闘わせなどして遊び楽しもうというような人は、その人自体が、畜生どもが互いに傷つけあっているのと同類である。もろもろの鳥や獣、あるいは小さな虫に至るまでも、心を留めてその有様を観察すれば、いずれも、子を思い、親を慕わしく思い、夫婦連れ添って、妬んだり、怒ったりし、欲深く、我が身を大切に思い、その命を惜しんでいることは、おしなべて愚かで智恵がない者どもゆえに、人よりもまさって甚だしい。そういう鳥獣に対して、苦しみを与え、もしくは命を奪いなどすることは、なんとして痛ましくないことがあろうや。

総じて、一切の生きものを見て、慈悲の心のないようなのは、人間ではない。

●〈第百二十九段〉顔回は、志、人に労を施さじとなり。

孔子の門弟顔回は、孔子にその志の在りどころを問われて、「労を施すこと無けん」（注、『論語』公冶長）、すなわち、他の人に苦労をかけるようなことはすまいと答えたという。総じて、人を苦しめ、誰かを虐げることは、あってはならぬことだし、したがって「匹夫も志を奪ふべからざるなり」とも『論語』に教えてあるように、賤しい身分の者の願いも奪ってはならぬことである。また、幼い子供をだまし、嚇し、笑いものにして興がるというようなことがある。こんなことも、大人のほうでは、ほんの戯れごとのつもりで、なにも本心からしていることではないから、大した問題ではないと思っているかもしれないが、からかわれた子供の幼い心には、身に沁みて恐ろしく、恥ずかしく、情けない思いがして、まことに切実なことであろう。それゆえ、かように子供を嫌がらせて面白がるようなことは、慈悲の心に背くものである。

大人が、喜んだり、怒ったり、悲しんだり、楽しんだりするのも、本来かりそめの妄念ともいうべきものであるが、迷いの心に引かれて実在するもののように思ってしまっている。そうした虚妄の感情に誰が執着せずにいられることであろうか。肉体に損傷を受けるよりも、心に悩乱を生ずるほうが、人間を痛めつけることはいっそう甚だしいものだ。病を身に受けるということも、その多くは心から受けるのである。

純粋に外界からやってくる病は少ない。たとえば、『文選』に「それ薬を服して汗を求むるも、あるいは獲ざることあり。しかも愧情一たび集れば、渙然として流離す」と見えているように、薬を飲むことによって汗を出そうとしてもなかなかそのようにはならないことがあるが、いったん恥じたり恐れたりすることがあると、必ず冷や汗を流すというのも、これすなわち心のなせるわざであるということを知るべきである。唐土の故事に、三国時代の魏の文帝が建てた凌雲観が次の明帝の時代に再建されたに際して、誤ってその字を書かずに額を掲げたので、書家の韋誕を籠に乗せて上空高く吊ってこれを書かせた。その恐怖のために韋誕はたちまち髪の毛が白くなったと伝えるが、そのようなかたちで心中の苦痛が身体の異変となることも前例のないことではないのである。

●〈第百三十段〉物に争はず、おのれをまげて人にしたがひ、

誰とも争うことなく、いつも自分の意見を抑えて人に従い、我が身のことはさて置いて、まずは人を優先するということにまさることはない。

どんな遊びでも、勝ち負けを好む人は、人に勝って面白がろうと思うからするのである。すなわち、自分の腕前がまさっていることを喜ぶのだ。つまりは、負けたりす

れば興ざめに思うだろうことは、また分り切ったことだ。といって、自分がわざと負けてやって相手を喜ばせようと思ったりするのでは、もとより遊びの面白さなど無いに決まっている。しかしまた、相手に不本意な思いをさせて、自分の心中に愉快がるということは、人の道に反している。

あるいは、親しい仲の人と遊び戯れるときにも、人をたばかり欺（あざむ）いて、自分の智恵がまさっていることに興がったりする、これまた礼儀にそむいたことである。されば、そんなことの結果として、初めはほんの遊びであり、宴席の戯れであったことが、しまいには長い恨みを抱（いだ）きあうというようなたぐいのことが多い。これみな、争いを好むということの通弊（つうへい）である。

人よりもまさろうということを望むならば、ただ学問をして、その叡知において人よりもまさろうと、そのように思うべきものだ。道を学ぶとなれば、『論語』に「願はくは、善（ぜん）に伐（ほこ）ることなく（願うところは、自分の得意とすることを自慢することなくありたい）」とあるように、その結果として、おのれの長所を鼻にかけることなく、仲間と争わぬようにすべきだと、そこを知るはずだからである。

このような努力の結果として我執我欲（がしゅうがよく）を去り、以て（もって）大官（たいかん）を辞し、利益も捨てるということになるのは、ただこれ学問の力である。

●＜第百三十一段＞ **貧しき者は財をもて礼とし、**

『礼記』に「貧者は貨財を以て礼となさず、老者は筋力を以て礼となさず」と教えてあるにも拘らず、とかく貧者は財貨を人に贈ることを礼儀だと心得、老人は力仕事に尽すことを礼儀と心得ている。いずれも愚かなことで、おのおのが自分の身の程を弁えて、もしその力の及ばぬときは、速やかに止めるというのが賢い身の処しかたというものである。しかし、そういうことを相手が許さぬとしたら、その相手が間違っている。またおのれの身の程も弁えずして、強いて無理なことに励むのは、自身の間違いである。

貧しい暮しのなかで、しかも分相応ということを知らぬ者は、結局盗みなどを働くことになり、またもう老いて力が衰えているのに、その分相応を知らぬ者は、結局病を受けることになるのである。

●＜第百三十二段＞ **鳥羽の作道は、鳥羽殿建てられて後の号にはあらず。**

「鳥羽の作道」と呼ぶのは、白河天皇が鳥羽殿を造営されての後に名付けられたものではない。もっと昔からの名である。元良親王（注、陽成天皇の第一皇子）が、元日の祝い申しの儀典に於て賀詞を奏するお役目を勤めた時のその声が、はなはだ立派であったゆえ、儀式は大極殿で行なわれているのに鳥羽の作道まで聞こえた、とそういう記述が『李部王記』（注、醍醐天皇の皇子で式部卿に任じた重明親王の日記）に出ているとか聞いたことがある。

◉〈第百三十三段〉 夜の御殿は東御枕なり。

清涼殿にある帝の御寝所は、東に御枕を配してある。これはおおかた東を枕として、昇ってくる太陽の気を受けることができるようにという心で、『論語』に「疾するときに、君これを視るときは、東首して朝服を加へ紳を拖く（孔子が病に臥せっていたときに主君がこれを見舞った。そこで、孔子は東枕に臥せったまま、しかるべく身なりを整え、帯を締めて君を迎えた）」とあるように、孔子も東枕をしておられたのである。寝殿の設いは、あるいは南枕とするのも当たり前のことである。白河院は、北に頭を置いて御寝なされた。

「北は忌むべきことである。また、伊勢神宮は南にある。それゆえ、太神宮のほうに足を向けて御寝になられるというのは、いかがなものであろうか」

と、ある人が申しておった。ただし、伊勢の太神宮を遥拝するときは、東南の方角に向ってする。南にではない。

◉〈第百三十四段〉 高倉院の法華堂の三昧僧、

高倉院の帝の遺骨を安置した清閑寺法華堂の供養僧は、なにがしの律師とかいう者であったが、ある時、鏡を手に取って、おのれの顔をつくづくと見て、自分の顔の醜く呆れるばかりなることを、あまりにも情けないことに思って、鏡それ自体までが疎ましいものだという思いがした。それゆえ、その後は長く鏡を恐れて手に取ることすらしなかったばかりか、いっさい人と交わることもせぬようになった。ただその法華堂の勤行だけに出席して、あとはいっさい籠居していたと聞き申したこと、これまさにありがたい事だと思った。

賢そうな人でも、人の身の上のことのみ推し量って、おのれのことは知らぬものである。がしかし、我が身のことを知らずして、他人のことを知るなどという道理があるはずはない。されば、まずは「おのれを知る」という人をば、ものの道理を弁えた人と言うべきであろう。顔かたちが醜いことも知らず、心の愚かなることも知らず、技芸の拙いことも知らず、おのれが物の数でもないようなつまらぬ者であることも知らず、年の老いてしまったことも知らず、病気が体を冒しつつあるのも知らず、死の近いことをも知らず、行なっている修行の至らぬことも知らずにいる。総じて、かかるおのれの身の上の欠点を知らぬからには、まして自分が世間からどのように誹られているかも知らぬ。ただし、顔かたちは、鏡に映って見える。年は数えれば知れる。そういう自分の身のことは知らぬということはないのだが、だからといって、どうにかしようという方法もないのだから、知っていても知らないのと似たようなことだと言うことができるかもしれぬ。ただし、私は、その容貌を良くせよとか、年齢を若くせよなどと言っているのではない。ただ、おのれの身の劣っているところを知るならば、どうしてすぐに身退くことをせぬのか。もし老いたということを悟ったならば、どうして閑寂なる暮しに入っておのれの身を安楽にもてなさぬのか。『書経』にも、「茲を念ふこと茲にあり」といってあるではないか、すなわち修行が足りないと知ったならば、どうしてそのことを切実に思わぬのか。（注、『書経』大禹謨に「帝念へ哉。茲を念ふこと茲にあり。茲を釈ても茲にあり」とあり、古代の聖帝禹は、臣下の皐陶に法刑の執行を任せたが、帝自身、つねにそのことを思念せざることはなかったという意味である。ここではその禹の心を引き事として、常に自らを反省せよという喩えに用いている）

総じて、世の人に愛され慈しまれることなくして衆人に交わるのは恥である。容貌が醜く、また心に分別の足りない身で官に出仕し、智恵もないのに博学の士に交わり、未熟なる技芸を以て名人上手の座に連なり、雪のような白髪頭を戴いて若年の盛んなる人と居並ぶということだけでも恥ずかしいことであるのに、ましてや、及びもつかぬ高位高官などを望み、しょせんできもせぬことを嘆きつつ、とうてい実現などおぼつかぬことを期待する。そのために、人に恐れを抱き、また人に媚び諂いなどするのは、人から与えられた恥ではない。おのれが貪る胴欲なる心に引かれて、みずから自分の身を辱めているのである。そうして、これほどまでに貪る心が止まないというのは、畢竟、命を終えるという一大事が、いま目前に迫っているというふうに、しっかりと自覚できていないからにほかならぬ。

●〈第百三十五段〉資季大納言入道とかや聞えける人、

資季の大納言入道（注、藤原氏）であったか、そのように申しあげた人が、源具氏の宰相中将に会って、

「そなたがお尋ねになる程度のことならば、何事なりともお答えできぬということはあるまいな」

と言いなさったので、具氏が、

「さて、それはどうでございましょうか」

と申しあげられた。そこで、

「では、なんなりと勝負をかけてお尋ねなされ」

と、こう言われて、具氏が、

「正統な学問のことは、わたくしは片端も学んで知ったということもございませぬゆ

え、お尋ね申しあげるまでもございませぬ。がしかし、どうということもないつまらぬ事の中で、どうも腑に落ちぬことにつき、ちとお尋ね申し上げたく存じます」

と、こんなことを申された。自信満々の資季入道は、

「まして、さような日常卑近(ひきん)の事は、なんなりと明確にお答え申しましょう」

と、こう言いなさったゆえ、お側仕(そばづか)えの人々や、女房どもなども、

「これは面白い勝負じゃ。同じことなら、お上(かみ)の御前(ごぜん)にて争われたらよろしゅうございましょう。そうして、お負けになった方(ほう)が御馳走をしてくださるということにいたしましょう」

と定めて、お上の御前に両名を召し寄せられて問答されることとなった。

さて、具氏が、

「幼き頃からよく聞きなれていることでございますが、そのじつ意味がよく分らぬことがございます。すなわち『むまのきつりやうきつにのをかなかくぼれいりくれんとう』と申すことは、いかなる意味でございましょうか。承(うけたまわ)りたく存じます」

と、こう尋ねた。大納言入道も、これにははたと詰まって、

「これは、どうということもないつまらぬ事ゆえ、お答えするにも及ばぬことじゃ」

と言った。そこで具氏は、

「いやいや、はじめからわたくしは『もとより深き学問の道のことは存じ申さぬゆ

え、どうということもないつまらぬ事をお尋ね申しましょう』と、かように申しあげてございますぞ」

と、こう反論して、とうとう大納言入道の負けと判定され、罰として盛大に御馳走をさせられる破目になったとのこと……。

（注、文中の『むまのきつりやうきつにのをかなかくぼれいりくれんとう』は、一種の謎々かと思われるが、その意味については諸説あって、結局分っていない）

●〈第百三十六段〉医師篤成、故法皇の御前にさぶらひて、

医師の和気篤成は、故後宇多法皇の御前に伺候して、お食事が運ばれてきた時に、

「今さしあげましたるお食事の品々を、文字、効能などお尋ねくださいまして、それにわたくしが何も見ずにお答え申しあげたならば、本草学の書物などをご照合あそばしなされませ。ひとつも申し誤りはございますまい」

と、こんなことを申し上げている、ちょうどその時、六条の故内大臣（源有房）がそこに参上なされて、

「この有房めも、この際いっしょに学習させていただきましょう」

といって、まず、

「それでは『しお』という文字は、何偏でござろうかな」

とお尋ねになったので、

「土偏でございます」

と答えたところ、

「こなたの学才の程度は、これにて露顕してしもうたぞ。今はこのくらいでよかろう。これ以上尋ね知りたいということもない」

と申された、これには、一同どっと大笑いとなって、篤成は退散していったことだった。

（注、塩の正字は鹽であって、土偏ではなく鹵が部首である）

●〈第百三十七段〉　花はさかりに、月はくまなきをのみ、

桜はその花盛りに、また月は晴れ渡って一点の曇りもない満月をのみ賞翫すべきものだろうか、いやいやそんなことはあるまい。たとえば雨の降る空に向って月を恋しがり、御簾をすっかり垂れたなかに籠って、春の暮れてゆくのも知らずにいる、などというのは、花盛りや名月を愛でるよりもさらに心にしんみりと感じられて風情も一段と深い。そうして、いまにも咲き出そうとしている桜の梢、あるいは、すっかり

花の散りしおれている庭などは、また一段と見どころが多いものだ。歌の詞書にも、「花見に出向いたところ、すでに花は散ってしまっていたので」とやら、「さる支障があって花見には行かれなかったので」などと書いてあるのは、「花を見て」というのに劣っていることであろうか、否。花が散り、月が西に傾くのを愛慕する心のありようは、さもあるべきことであるが、ことに頑迷にして風雅を解しない人ともなると、

「この枝、あの枝、みな散ってしまった、今はもはや見どころは無い」

などと言うように観察される。

花や月ばかりでなく、なにごとも、始めと終りにこそ風情があるというものだ。たとえば、男と女の恋の情なども、ただひたすら逢って契ることばかりを言うのであろうか。いやいや、たとえば、とうとう逢うことができずに終った辛さを思い、かりそめの契りを結んではみたがそれきりになって満たされぬ思いを歎き、せっかくの秋の夜長を語り合う女もなく独り寝に明かし、手の届かないはるか彼方の恋人を思いやり、いまは草茫々になってしまった家にぽつねんとして昔の逢瀬を思い出しているなど、そういう心のありようこそ、「色を好む」と言うてよいのであろう。

かの『白氏文集』に「三五夜中の新月の色、二千里の外の故人の心（今、地平より昇り初めた十五夜の色よ、この月を見て二千里の彼方の辺土にいる旧友は何を思うであろうか）」と詠めら

れたような、満月の曇りなき輝きが千里の彼方まで皓々と射しているのを眺めているのよりも、もう夜明け近くなってからようやく、待ちに待った月が出てきたのが、たいそう趣深く蒼白に輝いて、深い山の杉の梢にかかって見えている、その木の間の月光や、ざっと時雨が降ったその群雲に見え隠れしている月の姿などのほうが、ならびなく風情を感じさせる。椎の枝々や、白樫などの、濡れたように艶めいている葉の上に、月光が宿ってきらきらしているのこそは、こよなく身に沁みて眺められ、〈ああ、ここにこういう風趣を共有できる友がいてくれたらなあ〉と、都が恋しく思われてならぬ。

総じて、月や花は、ただただ目で見るべきものであろうか。

春は、家から出て花見に行かずとも、月の夜は閨のうちに臥せったままでも、目に見えぬ花や月を心に思っているなどというのこそ、その興趣はなににも妨げられることなく味わわれることだ。

然るべき家柄の教養深い人というものは、ただもう夢中になってその道に熱中しているようにも見えず、興ずるさまもどこかあっさりとしている。これに対して、片田舎の野暮なる人ともなると、あざといまでに何に対しても打ち興じるものである。花が咲けば遠くからあっさりと見ていることができずに、その木の近くまで大げさに身をよじって立ち寄り、脇目もふらずにジーッと凝視しては、酒を呑み、連歌を巻き、はては大きな枝を、分別もなくぼっきりと折り取ったりする。泉にも、遠くから風情を賞翫するのでなくて、手や足を差し入れ浸してみたり、雪が降ればその上にずかずかと入っていって足跡を付けるなど、万事について、遠くからおっとりと眺めるということがない。

こうした人が賀茂の祭を見物するさまは、またはなはだ珍妙なものであった。

「見ものの行列が来るのは遅くになってからじゃ、それまでは桟敷に居てもしょうがない」

といって、奥のほうの小屋に引っ込んでは、酒を飲み、物を食い、囲碁や双六に打ち興ずるなどして、桟敷のほうには見張りの人を置いてあるので、

「お行列がお通りです」

と言う時に、誰も誰もみな肝を潰したように慌てふためき、競って桟敷に走り昇り、落っこちそうになるまで簾を突き上げて、押し合いへし合いしつつ、何一つ漏らさずに見ようとばかり凝視して、

「おお、あれはナニよ、これはこうよ」

などと目に見える物毎に言って、行列が過ぎてしまうと、

「また次が来るまでは……」

と言って、桟敷から降りてしまう。すなわち、この手合は、ただただ行列してくる

「その物」だけを見ようとするのであろう。

これに対して、都人で高貴な様子に見える方々は、祭行列などもおっとりと目を閉じて、そうしっかりと見てもいない。若くて身分の低い者どもは、貴人のお世話に立ったり座ったりしているが、貴人の後ろに控えている者どもは、みっともなくのしかかったりもせず、無理に見物しようとする人もない。

あたりにはそちこちに葵の枝を掛けてあって、いかにも奥ゆかしい風情を感じさせているのだが、夜も明けきらぬころに、人目に立たぬようにして道路ぎわに牛車を立て並べるのを見れば、その車どもの主人は誰なのであろうと知りたくなるゆえ、あの車はだれだれ、その車はかれこれ、などと推測していると、牛飼や下僕のなかに、見知った者もある。牛車は、風雅なもの、きらびやかなもの、さまざまに行き交う、そのありさまを見るだけでも、退屈しないというものだ。

日が暮れるころには、道のきわに立て並べた車どもも、あれほどぎっしりと並んで見物していた人々も、さてどこへ消えたのであろうか、あっけなく少なくなってしまって、帰りを急ぐ車がごったがえしていたのも済んでしまうと、桟敷の簾や畳も取り払い、見る間に寂しげになってゆくのを見るにつけても、世の中の無常の理が思い知られて、心に沁みる。祭見物といっても、私が見ていたのは、祭の大路全体を見物していたのだが、それこそが祭を見るということなのではあった。

あの桟敷の前をたくさん行き来していた人のなかに、見知っている顔がいくらもあったことで私は思い知った——世の人数も、それほどは多からぬものであったなと。さすれば、この人たちがみな死に失せるだろう後に、私が死ぬという順番だと定まっていたとしても、その時は、待っている間もなくやってくることであろう。すなわち、大きな器に水を入れて、その底に小さな穴をあけておいたとすると、そこから滴り落ちる水は少量ずつだとしても、一瞬の絶え間もなく落ちていくほどに、水はすぐに尽きてしまうであろう。この都の内に多くいる人といえども、まったく人が死なないという日はあるまい。それも、一日に一人二人などという数だということがあろうか、いやいやそんなことはあるまい。鳥部野や舟岡、いやそれ以外の野山にも、死者の亡骸を葬送する数の多い日はあろうとも、一人もないという日はあるまい。されば、棺を売る者が、作った棺が売れずにそのままになっているなどという間もない。

死は、若いからといってまだ遠いということもなく、元気だからといって安心だともいえぬ。まさに思いもかけぬものは死の到来である。そうしてみると、今日までうまく死を逃れて生きてこられたのは、世にも稀な不思議にほかならぬ。

したがって、しばらくの間も、この世をのんびりとしたものと思うことができようか、否。「継子立」というものを、双六に用いる白黒の石で作って、それを立て並べた最初には、取られる石はどれかということも分らぬが、十個目の石を数えて一つ取った時には、ほかの石は取られずに済んだというように見えるけれど、またまた同じように数えては取るというふうにしていくと、あれよこれよと、間引いてゆくうちには、すべての石が逃れることもできず間引かれてしまう、そういうことと人の命は似ている。

兵士が戦に出て行く時には、死に近いことを知って、家をも忘れ、身をも忘れる。しかし、世を捨てて隠遁している草庵にあって、しずかに水の流れや石の佇まいなどを賞翫して、死ということを、なにやら別世界のことのように思っているのは、まことに儚いことである。いかに静かなる山の奥に隠れていようとも、無常という敵が、ここに殺到して来ないなどということが在り得るだろうか、否。さすれば、その死に臨んでいるという現実は、戦場に臨む兵士となんらかわるところがない。

(注、継子立という遊戯は、白黒の石各十五個を一定の順序で長方形に並べて、白石黒石、それぞれ十個置きに一つずつ間引いていって、最後に一個残るまで繰り返すという遊び)

●〈第百三十八段〉祭過ぎぬれば、後の葵不用なりとて、

「葵祭が過ぎてしまえば、その後まで残っている葵などは要らぬものだ」と言って、ある人が、御簾に付けてあった葵をみな取り捨てさせなさったことは、

まことに艶消しなることと感じたことでござったが、とはいえ、しかるべき御身分の教養ある方がなさった事であるから、そういうふうに扱うのが当然なのかと思っていたところ、周防内侍が、

かくれどもかひなき物はもろともに
みすの葵の枯葉なりけり
（掛けておいても甲斐のないものは、あの方といっしょに、
見（み）ずにいる御簾（みす）の葵の枯葉（かれは）であったよ……いまは離（か）れてしまったあの方と）

とこんな歌を詠んでいるのも、つまりは母屋の御簾に葵の掛けてあったのが枯葉になっている、というところを詠んであるのだということを、周防内侍の家集に書いてある。

また古い歌の詞書に
「枯れたる葵にさしてつかはしける（枯れてしまった葵の枝にこれをつけて遣わした歌）」

などと書いたのもござる。

『枕草子』にも、

「来しかた恋しき物、枯れたる葵（昔が恋しい物は、枯れた葵）」

と書いてあるところ、そここそはこの祭の後の葵のことをしみじみと心引かれて思い寄せたものだ。

さらに、鴨長明の『四季物語』にも、
「玉だれに後の葵はとまりけり（美しい簾に祭の後の葵がなおも付いたままになっている）」と書いてあるが、これは和泉式部の歌を引いたもので下の句は「枯れてもかよへ人の面影（その葵が枯れてもこうして存在するように、恋しい人よ離（か）れてもその面影は私の心に通ってきてほしい）」というのである。かにかくに葵がおのずから枯れることだけでも名残惜しい思いなのに、さらにそれを、跡形もなく取り捨てたりしてよいものであろうか。

貴人のご寝所なる御帳台に五月の節句の折に掛けてある薬玉（注、薬草や香などを包んだ錦の袋に五色の糸を垂らした邪気払いのまじない）も、やがて九月九日の重陽の節句の時分ともなれば、菊に取って代わられるということが、やはり『枕草子』に書かれてあるから、五月の節句の薬玉に付けた菖蒲は九月の節句までそのままになっていたものであろう。

枇杷皇太后宮（注、藤原道長の二女妍子、三条天皇の中宮）がお隠れになって後、古い御帳台の内側に、菖蒲や薬玉などの枯れてしまっているのが遺されていたのを見て、

あやめ草涙の玉にぬきかへて
折ならぬ根をなほぞかけつる

（あやめ草を薬玉から涙の玉につけかえて、
いま季節外れの菖蒲の根（ね）ではありませぬが、こうして音（ね）を上げて泣くことでございます）

と、弁の乳母（注、藤原順時の娘明子。妍子の娘、陽明門院の乳母）が詠じた歌の、その返歌に、

玉ぬきしあやめの草はありながら
夜殿は荒れんものとやは見し

（薬玉に抜きそえたあやめの草は今もこうして残っていますのに、主なき夜の御帳台がこんなにも荒れてしまうものだと、かつて思ったことがあったでしょうか、否）

と、このように江侍従（注、大江匡衡を父、赤染衛門を母に持つ女房歌人）は詠んだことであったな。

◉〈第百三十九段〉家にありたき木は、松・桜。

家に植えておきたい樹木は、まず松と桜。松は五葉松も良い。桜は花が一重のものが良い。八重桜は、昔は奈良の都にのみあったものだが、このごろでは、どこにでも多くなったものだと聞く。吉野山の桜、紫宸殿の左近の桜、これらはみな一重の桜にほかならぬ。八重桜というものは、ちと異様なものである。またひどくひねくれたものでもある。だからそれは植えないでもよろしい。遅桜は、これまた艶消しなるものだ。また、桜に毛虫が付いているのもどうも気味が悪い。

梅は白梅、薄紅梅。一重咲きの梅がまっ先に咲いたのも、あるいは花弁の重なった八重の紅梅の匂いが賞嘆すべく薫るのも、みなそれぞれ風情がある。遅く咲く梅は、桜の花と同時に咲くゆえ、いきおいその世評は劣り、結局桜に圧倒されて、枝にしがみついて萎(しぼ)んでいるのも情けない。
「一重の梅が、先駆(さきが)けて咲いて散ってしまったのは、いかにも気が早くて、それも一興じゃ」
と言って、京極入道中納言(きょうごくのにゅうどうちゅうなごん)（注、藤原定家のこと）は、やはり一重の梅を特に軒近(のきちか)いところに植えなさったことであった。その京極のお邸の南面(みなみおもて)には、今も一重の梅が二本残っているものと見ゆる。

柳もまた風情がある。さらには、四月(うづき)のころの若楓(わかかえで)ともなると、よろずの花にも紅葉(もみじ)にもまさって賞嘆すべきものである。橘(たちばな)、桂(かつら)、いずれも木というものは、年数が経ってなにやら古色を帯びて大木となっているのが良い。

さて草は、山吹、藤、杜若(かきつばた)、撫子(なでしこ)。池には蓮(はちす)。秋の草は、荻(おぎ)、薄(すすき)、桔梗(ききょう)、萩(はぎ)、女郎花(おみなえし)、藤袴(ふじばかま)、紫苑(しおん)、吾亦香(われもこう)、苅萱(かるかや)、竜胆(りんどう)、菊。また黄菊(きぎく)も良い。蔦(つた)、葛(くず)、朝顔、いずれも特別高くもなくちんまりとした垣根に纏(まつわ)って、しかも繁り過ぎていないのが良い。

このほかの、世に稀(まれ)なるものは、唐土(もろこし)ふうの名前も聞きにくく、花も見慣れぬなどして、特別心に惹(ひ)かれるものがない。

おおかた、なんでも珍しく希少な物は、下世話で教養のない人がとりわけて持て囃(はや)すものである。さようの物は、いっそ無いほうがよかろう。

徒然草〈第百三十九段〉

◉〈第百四十段〉身死して財残る事は、

己が死んでの後に財産が残るということは、叡知あるものはせぬところである。ろくでもない物を溜め込んでおいたというのも見苦しいのだが、反面、もし良い物を持っていれば、それに執着(しゅうじゃく)したことであろうと浅はかに思われる。ましてや、残した財物がばかに多いというのは、いよいよ感心しない。そうして「それは自分が貰い受けよう」などと言う者が出てきて、結局死後の争いとなる、見苦しいことである。もし自分が死んだら、これこれの物は誰々に上げようと目当ての人がいるならば、生きているうちに譲っておくべきであろう。

とかく朝晩の生活に無くてはならぬ物はむろん持っていて良いだろうけれど、その外(ほか)は何も持たずに暮すというのが望ましいことである。

◉〈第百四十一段〉悲田院尭蓮上人は、俗姓は三浦のなにがしとかや、

悲田院(ひでんいん)の堯蓮上人(ぎょうれんしょうにん)は、出家以前には三浦のナニガシとかいって、ならびない剛勇の東国(とうごく)武者であった。故郷の人が来て物語をする折から、

「やはり関東の人は言うことが信頼できるものじゃ。都の人は、口先に請(う)け合うこと

ばかりは調子がよいが、誠実味がない」

と言ったのを聞いて、上人、

「いや、そこもとはそのようにお思いになるかもしらぬが、自分は都にもう長いこと住んで、都人にも馴れ親しんで見てござるが、人の心が劣っているとは思いませぬな。おしなべて、都の人は心が柔和で情け深いゆえに、人が言うあれこれのことにつき、あからさまに拒絶もしがたく思って、なにごともはっきりとは言い返すことができず、結果的に心弱く肯ってしまうことになるのじゃ。なにも偽りごとをしようとは思わぬのだが、実際には貧乏で意に任せぬ人が多いために、自然と思うようにならぬということが多くあるのであろう。これに対して関東の人は、私もその一人だが、実際のところ、心の優しさが無く、人情という点ではちと欠けるところがあって、ただただまっすぐなるが取柄で無愛想なゆえに、最初から嫌なことは嫌だと言い放ってしまう。しかも家産の豊かな人が多いほどに、人からは信頼されるということにほかならぬ」

と、このようにことを分けて説かれなさったことがある。この上人は、声もひどく東訛りがあって荒々しい感じがし、仏教の仔細なる教義など、さして弁えずにいるのでは、と想像していたところ、この一言の後、ちと憎らしいまでに立派なお方だと思うようになり、世に僧侶も多くいるなかで、ひとかどの寺の住職として立っておら

れるのは、このように心の柔らかなところがあって、そのお蔭もあるのに違いないと考えるに至ったことであった

◉〈第百四十二段〉心なしと見ゆる者も、よき一言いふものなり。

なんの情味も解しないように見える者も、良い一言をば言うものである。

ある気の荒そうな東国武者で、いかにも恐ろしげな風体の男が、傍らの人に向って、

「お子はおいでか」

と尋ねたのに対して、

「一人も持っておりませぬ」

と答えたところ、

「それでは、しみじみとした人情などはご存じあるまいな。さぞ情味を弁えぬお心でおわすことじゃろうと、たいそう恐ろしい。子どもを持ったればこそ、なにごとにつけても情というものが思い知られるものぞ」

と言ったのは、まずそうあるべきことである。親子恩愛の道にあらずしては、このような粗暴な者の心に慈悲があることであろうか。親孝行の心のない者も、子を持って初めて、親の気持ちを思い知るに違いないのだ。

俗世を捨てた人で、まるっきり親類縁者も持たぬ者が、とかく係累などの多くある人が何かにつけて諂い、また欲深いのを見て、むやみに軽蔑するのは正しい態度とは言えぬ。その当人の心になってみれば、まことに、愛しく思っている親のため、あるいは妻子のためには、恥すらも忘れ、盗みだってしかねまじきことである。されば、盗人を捕縛し、悪事ばかりを罪し罰するよりは、世の人の餓えず寒からぬように、政治をおこなってほしいものである。『孟子』にも「恒の産無ければ、因つて恒の心無し（安定した生業が無ければ、それがためにしっかりした分別の心も無い）」と教えてあるように、人というものは、安定した生業がなくては安定した心は無いものだ。さればまた、人は切羽詰まったときには盗みだってする。世の政治むきが悪しくして、民が寒さに凍え、飢餓に苦しむ状況があるならば、苦しみのあまり罪を犯す者が無くなるはずもない。民を苦しめ、結果的に法律を犯すように仕向けておいて、それを罪に問うというようなことは、不憫なことだ。

それではさて、どのようにして民に恵みを施すことができるかと借問するに、その答えは、上に立つ者が驕り高ぶって浪費することをやめ、民を慈しみ、農作を奨励するならば、下の民のために利益のあるだろうことは疑いないに違いない。そうして、衣食住日々の暮しが当たり前に満たされているのに、なお良からぬことをしようというような輩を指して、ほんとうの盗人と、そのように指弾すべきであろう。

●〈第百四十三段〉人の終焉の有様のいみじかりし事など、

人の臨終のありさまが立派であったことなど、誰かが語るのを聞くにつけて、ただ「静かで乱れたところもなかった」と言うならば、ああそれは心憎いお人であったと感じることであろうが、愚かなる人は、そこにうるわしい薫りがしたとやら、紫雲がたなびいたとやら、不可思議でこの世ならぬ様相を取ってつけて語り、臨終に際しての言葉も、その振舞いも、自分の好む方向にこじつけて誉めそやすなどは、その亡くなった人の日頃の心がけとは違っていやせぬかという気がする。

この死という一大事は、衆生済度のために仮に神や仏と顕れ給うた人であっても、一概にその善し悪しを定めることはできまい。またどんなに博覧強記の学者であっても、その深奥の意義を計り知ることはできまい。されば、死にゆく人が己の信念信条に違うことなく粛々として終りに臨めばそれでよいので、それを他人が、ああも聞いた、こうも見た、などという事によって評価すべきことではあるまい。

●〈第百四十四段〉栂尾の上人、道を過ぎ給ひけるに、

栂尾の明恵上人が、ある道を通り過ぎようとなされた折、河にて馬を洗う男が、

上：第百四十四段　下：第二百七段

「あし、あし」

と言ったゆえ（注、馬に脚を上げさせようとしたのであろう）、上人は立ち止まって、

「ああ、尊いことじゃ。前世から心に執着してきた善根の功徳が、いまここに善果となって顕現したことよ。あの者は、阿字、阿字、と唱えることぞ。あれはそもどのようなお方の馬であろうぞ。あまりに尊く思えるほどに……」

と、くだんの男に訊ねなさったところ、

「府生殿（ふしょうどの）（注、検非違使庁のお役人さま、というほどの意味）のお馬でござる」

と答えた。そこで上人は、

「や、それはまた重ねて賞嘆すべきことじゃ。すなわち一切存在の根本と申すべき『阿』字は、本不生（ほんふしょう）とあって、一切の存在はもともと生ずることなく滅することなしという大哲理、それの顕現に逢着したと見ゆる。嬉しい仏縁を結び得たものじゃ」

と言って、感涙を拭われたということぞ。

◉〈第百四十五段〉御随身秦重躬、北面の下野入道信願を、

上皇に仕える御随身の秦重躬が、同じ上皇御所の北面の武士、下野入道信願

（注、伝未詳）のことを指して、

「あれは落馬の相（そう）のある人だ。よくよくご自重（じちょう）なされよ」

と言ったのを、人々は、まるで当てにもならぬことよと思っていたが、果たせるかな、信願は馬より落ちて死んでしまった。そこで、〈しかるべき道に長じた人の一言は神のごとしじゃ〉と皆思った。

さて、

「あの時、落馬の相と仰せじゃったが、それはどんな相でござるか」

とある人が問うたところ、

「極めて桃尻（注、尻の形が鞍にしっかり安定せず落馬しやすい体つきの意）であって、しかもよく跳ね上がるような荒馬を好んでいたのを根拠に、しかく言い当てたものでございます。いったいいつ私が申し誤りたることがございましたろうか」

と言い放ったものだ。

●〈第百四十六段〉 明雲座主、相者にあひ給ひて、

比叡山の明雲座主（めいうんざす）が、人相見（にんそうみ）の者に対面なされて、

「わたしは、もしや兵器の危害をこうむるという受難の相がござろうか」

とお尋ねになったところ、その人相見、

「まことに、その相がございます」

と申した。そこでさらに、

「それはどのような相であろうぞ」

とお尋ねになったところ、

「傷害を受けられる恐れなどおありになろうはずもない御身でございますのに、かりそめにもそのように思いつかれて、かくお尋ねなさる。そのことが既に、御身の危うきことの兆しでございます」

と申し上げた。

果して、この明雲座主は、矢に当たってお亡くなりになったのであった。

●〈第百四十七段〉灸治、あまた所になりぬれば、

お灸を据えての療治箇所が数多くなったという場合、神事に奉仕するのには汚れがあるという事は、近年の人が言い出したのである。古き格（注、古代の律令以外に臨時に公布された法令）や式（注、律令の施行細則）などのうちにもそんな規則は見えないということである。

●〈第百四十八段〉 四十以後の人、身に灸を加へて、

四十歳以上の人は、体にお灸を据えるについて、三里（注、両足の膝のすぐ下にある有力な灸点）を焼かずにすれば、気の上せるということがある。したがって、必ず三里に灸をしなくてはならぬ。

●〈第百四十九段〉 鹿茸を鼻にあてて嗅ぐべからず。

鹿茸（注、鹿の袋角を乾燥させた漢方の生薬）を鼻に当てて嗅いではいけない。なかに小さな虫がいて、それが鼻から入って脳みそを喰うという話である。

●〈第百五十段〉 能をつかんとする人、

なにか芸能を身に付けようとする人は、とかく「あまり上手にできないうちは、生半可にこれを人に知られぬようにしよう。ごく内密によくよく習得してのちに、ずいっと人前に出て披露したならば、さぞ心憎い致し方であろう」などということを常に言うようであるが、そんなことを言っている人は、一芸といえどもちゃんと習い得ることがない。

いまだまるっきりの下手くそのうちから、上手な人のなかに交じって、バカにされ嘲笑されるのにも恥じることなく、平然として長く稽古に精を出す人は、仮にその人が生まれついてのコツをつかむ才覚に恵まれていなくとも、それぞれの道に停滞することなく、また自己流に堕ちることなく、年功を積む結果、なまじ才覚があるがために地道な努力を怠っている人よりも進歩を遂げて、最終的には名人上手というべき芸位に至り、人徳も具わり、また世人からもそのように認められて、やがては天下無双の名声を得るということになる。

天下に聞こえた芸道の上手の人であっても、その始めは、とんと下手くそという評判があったりもし、またひどい欠点があったりもしたものだ。それでも、その人が、斯道の掟をきちんと守り、これを重んじて自己流のやりかたに堕することをしなければ、ついには世の中のお手本ともなり、万人の師範ともなること、これはどんな物習いの道でも変わることがない。

●〈第百五十一段〉ある人のいはく、年五十になるまで

ある人が言うには、年齢が五十になるまでに上手の域に達しない……というような芸は、もう諦めたほうがよい。いかに励んだとて、もはやその先に習い得て上達する

というような未来は残っていないだろう。老人の事ともなれば、人もそうそう嗤うというわけにもいくまい。だからといって老人が鉄面皮にも少壮の人たちに交じっているというのも、なにやら似つかわしからず、見ていて快いものではない。

およそのところを申せば、五十歳というような老境に入った暁には、何であれ仕事は辞めて、ゆったりと暇のある暮しをするのこそ、似つかわしく望ましいことだ。世俗の事に携わって死ぬまで暮すというのは、愚かのなかの愚かなる人である。どんな事であれ知見を得たいと思うことは、しかるべき人に聞いて学ぶことがあってもよろしいが、その大概のことを知ったならば、まずまずこのくらいでよかろうというところを目処として止めておいたがよい。それよりも最初から、さように知りたいなどという望みなど持たずしてやめておくのが、もっとも良いことなのだ。

●〈第百五十二段〉 西大寺静然上人、腰かがまり、眉白く、

西大寺の静念上人が、腰がすっかり曲って、眉も白く、まことに高徳の僧という様子で宮中へ参上なされたのを見て、西園寺内大臣殿（注、西園寺実衡）が、

「おお、まことに尊いご様子よな」

とて、尊崇する様子が見えたので、日野資朝卿がこれを見て、

「いや、単に年寄りになっているというだけのことでございます」

と申された。

後日、むく犬の呆れるばかりに老いさらばえて、毛も禿げてしまっているようなやつを人に引かせて、

「この様子がいかにも尊く見えることでございます」

と言って、西園寺内大臣に進上なされたということだ。

●〈第百五十三段〉為兼大納言入道召し捕られて、

為兼大納言入道（注、京極為兼。藤原定家の曾孫）が召し捕られ、荒々しい武士どもがこれをひしと取り囲んで、六波羅探題へ連行していったところ、資朝卿が一条大路のあたりでこれを目撃して、

「ああ、羨ましいぞ。ひとかどの男として、この世に身を置いている限りは、一生の思い出として、このように昂然としておのれの生き方を貫きたいものじゃ」

と、そのように言われたことであった。

●〈第百五十四段〉 この人、東寺の門に雨宿り

この資朝卿が、東寺の門で雨宿りなさっていたところ、身に障害のある者どもが集まっていたが、見れば手も足も捩れ歪み、または反り返って、どの者も障害があって風変わりな有様であるのを見て、〈これらの者どもは、おのおのみな類例なく珍しい風体の者どもじゃ、かくてはもっとも目を喜ばせるに足るものよ〉と思って、じーっと凝視しておられたが、すぐにその興味も尽きると、一転して、見るに堪えぬと不快に思われたゆえ、〈結局変わったところもなく真っすぐで、珍しいところのない者が一番じゃな……〉と思い至り、帰邸して後に、その頃植木を好んで、異様に曲がりくねった木を求めては、おのが目を喜ばせていたのは、なるほどこれらの者どもを賞翫するようなものであったと、すっかり興ざめに覚えて、鉢に植えておられた木どもを、皆掘って抜き捨ててしまった。この卿ならばいかにもありそうな事である。

●〈第百五十五段〉 世にしたがはん人は、まづ機嫌を知るべし。

世俗に順応してゆこうと思う人は、まずものごとの潮時ということを知らねばならぬ。時運にかなわぬことは、人の耳にも入りにくく、また心にも行き違ってしまっ

て、結局その事は成就せぬ。そういう意味で、なにかを為すべき潮時というものを心得なくてはならぬ。ただし、病を身に受けること、子どもを産むこと、死ぬこと、これらのことは潮時もなにもあるものではなく、いつやってくるか分らないし、まだその潮時ではないと思ったところで、中止することもできぬ。万物が生れ、命を保ってやがて老い、病などの異変に遭い、しまいに滅びる、とそのように移り変わるという絶対の重大事は、たとえて申せば、激流の河が轟々と漲り流れているようなものである。ほんのわずかの間も滞ることなく、ただただまっしぐらに発現してゆくものだ。されば、仏道修行者にせよ、世俗の身にせよ、必ず成し遂げようと思うことは、時節だ潮時だなどということを言うべきでない。これらのことについては、あれこれ用意しておくこともできぬし、足を踏み留めるということもできない。

　春が暮れてから、その後に夏となり、夏が終ってから秋が来る……とそういう次第のものではない。春になればまもなく夏の気配を催し、夏が来ればすなわち秋の気配が通って来る。秋はたちまちに寒くなり、十月には小春日和とて春めいた日がやってくる。そうすると草も青くなり、梅の蕾も生じてくる。木の葉が落ちるということも、まず葉が落ちて、それから新芽が出てくるという順序ではない。まだ葉がしっかりとあるうちに下から新芽が萌し膨れてくるのに堪えられなくなって、葉は落ちるのである。やがて迎える季節の気を、表には見えぬところに設けてある故に、これを待ち受けて替ってゆく順序ははなはだ速い。

人間の生れ、老い、病み、死ぬ、ということの移り変わる事はまた、こうした自然のありよう以上に速やかである。四季の循環には、なお定まった順序がある。しかし、人間の死ぬべき時は、順序よくやってくるというわけではない。死というものは、前のほうから目に見える形でやって来るとは限らぬ。じつは、我等がなにも気付かずにいるうちに、はやくも後のほうに迫ってきているのだ。

人は誰でも死がある事を知っている。しかし、その死を待ち受ける気持ちは、だれも今日や明日に来るとは思っていないが、突然思い掛けない形でやって来る。喩えて申せば、沖のほうの干潟がまだまだ遥かに見えているのに、足もとの磯にいつのまにかひたひたと潮が満ちてきている、というようなものである。

●〈第百五十六段〉 大臣の大饗は、さるべき所を申しうけておこなふ、

新たに大臣に任ぜられた人が、その披露のために行なう正式の饗宴は、自邸などではなく、どこかしかるべき格式の御殿を所望によって借り受けて挙行するのが常の例となっている。宇治左大臣殿（注、藤原頼長）は、東三条殿にてこれを催された。その時この御殿は内裏として使われていたが（注、これは兼好の記憶違いで、頼長が左大臣に昇格したときは東三条

殿は里内裏として使われていなかった）、ほかならぬ左大臣の願いだというので、帝は一時的に他所へお遷りになったものだ。とくになにか特別の縁故などが無くとも、女院の御所などを拝借したりする、これは古くからの慣習だということである。

●〈第百五十七段〉筆を執れば物書かれ、楽器を取れば音をたてんと

筆を執れば、つい何かを書いてしまう。楽器を取れば音を立てようと思う。盃を取れば酒を呑むことを思うだろうし、サイコロを取れば博奕を打とうと思う……つまり、心は、必ず何か外形的なものに触れて動くのである。されば、かりそめにも善からぬ戯れごとを致すべきでない。

ほんのちらりとでも尊い仏典の一句を見れば、自然とその前後の経文もなんとなく見えてしまうだろう。それによって、俄に多年に亙る己の非を悟って悔い改めるという事もある。

仮に今、この経文を広げることがなかったならば、どうしてその事を認知できたことであろうや。これすなわち、外界からの刺激によって得られる利益である。内心ではまったく修行の念など起こっていないとしても、ただ仏前に身を置いて数珠を執り、経典を手に取るならば、特に修行などせず、なおざりな生活をしていようとも、

後世のために善い因縁となるような行ないが自然と修められ、雑念のために集中を欠いた心のままでも、坐禅の為の腰掛けに座れば、いつのまにか煩悩を離れて真理に到達できるであろう。

およそ目に見える現象と、その本体としての真理は別々のものではない。したがって、外面に顕れたる諸相が仏道の真理に背かぬ姿であるならば、内面の悟道は必ずや成就するであろう。それゆえ、修行する人の有様が単に外面の見かけに留まるとか、そういう不信感を言い立てるべきでない。むしろそういう様子であっても、鑽仰してこれを尊ぶのが正しい態度である。

◉〈第百五十八段〉　盃の底を捨つる事は、いかが心得たる

「自分が飲んだ盃の底にいくらか残った酒を捨てる、このことをどのように心得られるかな」

と、ある人がお尋ねなされたので、

「おお、それを世に凝当と申しますのは、盃の当（注、当の字には底という意味がある）に凝り溜まっている酒を捨てる、ということでございましょう」

と私が答え申したところ、

「いやいや、そうではあるまい。ギョウトウと申すのは、正しくは魚道(ぎょとう)の謂(い)いだ。盃に多少の酒を残し置いて、その酒を流すことで自分が口を付けたところを濯(すす)ぐ、それを魚が流れを遡(さかのぼ)ることに喩えたのじゃ」

と、そのように仰せになった。

●〈第百五十九段〉みな結びといふは、糸を結び重ねたるが、

「『みな結び』という組み紐の結び方は、糸を結び重ねた姿が、蜷(みな)という貝に似ているので、そのようにいうのじゃ」

と、ある貴い身分のお方が仰せになったことがある。されば、巻貝を俗に蜷(にな)と言うのは誤りで、ミナというのが正しい呼称だと分る。

●〈第百六十段〉門に額かくるを、打つといふはよからぬにや。

門に額(がく)を掛けるのを、「額を打つ」というように言うのは、良くない言いかたであろうか。勘解由小路二品禅門(かでのこうじのにほんぜんもん)（注、藤原経尹(これまさ)）は、「額を掛ける」と、いつも仰せであった。また「見物の桟敷(さじき)を打つ」というのも良からぬ言いかたであろうか。ただし布張りの仮屋(かりや)を立てるときに「平張(ひらばり)打つ」というのなどは、ごく普通のことである。では

あるが、桟敷に関しては「桟敷構うる」などというように言うべきところだ。また「護摩を焚く」と言うのも良からぬ言いかたである。これは「修する」もしくは「護摩する」などと言うべきである。あるいは、

「行法も、ギョウホウと法の字を清音で読むのはよくない。ギョウボウと濁っていうものだ」

と、清閑寺の僧正（注、権僧正道我）が仰せになったことがある。ふだんなにげなく口にしている事には、こんな誤った事ばかりが多い。

◉〈第百六十一段〉　**花のさかりは、冬至より百五十日とも、**

花の盛りは、冬至から数えて百五十日ともいい、または春分の日の七日後、ともいうが、それよりも立春から数えて七十五日、というのが大方当たっていることであろう。

◉〈第百六十二段〉　**遍照寺の承仕法師、池の鳥を日ごろ飼ひつけて、**

遍照寺（注、広沢池畔にあった真言宗の寺）に仕えていた雑役係の法師が、池の鳥を日頃から飼いならしたうえで、堂のうちまで餌を撒いて、入口の戸を一つ開けておいたゆえ、

鳥どもは餌に導かれて無数に堂の内へ入り込んだ……その後で、己も堂内に入って、ぴしゃりと戸を閉め込んで、鳥どもを摑まえては殺している様子、それがおどろおどろしい音を立てて外まで聞こえていたのを、草を刈る童が聞きつけて、人に告げたほどに、村の男どもが挙って押しかけ、堂に入ってみると、大きな雁どもがバタバタと慌てふためいて騒いでいるその中に、くだんの法師が立ち交じって、雁をたたき伏せては首を捩じって殺しているのを発見したゆえ、この法師を捕えて、在所のほうから検非違使庁へ突き出したのであった。その結果、殺された鳥を頸にかけさせて、そのままの姿で入牢させられたという事件があった。基俊大納言（注、堀川基俊）が、検非違使の別当であった時分のことである。

◉〈第百六十三段〉太衝の太の字、点打つ、打たずといふこと、

陰陽道で、九月のことを太衝と称するが、さてその太の字に点を打つか、それとも打たぬかという事を巡って、その道に携わる陰陽師連中が、やかましく論争をしたことがあった。その時、盛親入道（注、伝未詳）が申してござったことは、

「安倍吉平（注、有名な陰陽師安倍晴明の子）の自筆の占い文の裏に書かれている日記が、近衛関白殿の許に伝存している。それには点を打って太の字に書いてあるぞ」

と申したことだ。

●〈第百六十四段〉　世の人あひ会ふ時、暫くも黙止する事なし。

世の中で人と人が会う時には、しばらくの間(あいだ)も黙っているということがない。必ずなにか言葉を交わしている。その内容を聞いてみれば、多くはなんの役にも立たないお喋りである。すなわち、世間の噂話、人の善し悪しの評判とか、そういうことは、自分のためにも相手のためにも、失うものばかり多く、得るものは少ない。しかも、こういうことを喋っている時、互いの心のなかでは、それが無益(むやく)のことだということに気付いていない。

●〈第百六十五段〉　あづまの人の、都の人に交はり、

関東の人が都の人に交わるとか、あるいは都の人が関東に行って立身出世するとか、また、顕教（注、浄土宗、禅宗、天台宗など）であれ密教（注、真言宗）であれ、それぞれの本山や本寺で修行専一(しゅぎょうせんいつ)の生活をしていた人が、そこから出て世俗の中に入っていって、慣れない俗世間の人と交わっているとか、そういうのは、いずれも見苦しいものである。

◉〈第百六十六段〉人間の営みあへるわざを見るに、

人間たちが営々として互いに生業を立てている有様を見るに、春の日に雪仏を作って、その雪仏に金銀珠玉の装飾を施し、あまつさえお堂を建てようとするのにも似ている。そのお堂が出来上がるのを待って、そこに雪仏を無事に安置するなんてことができようか。人の命も今はたしかに存在しているように見えても、目に見えないところから消えていくこと、あたかも雪のように儚いものであるのに、そのかりそめの命のうちに、せっせと苦労して将来を期するというようなことが甚だ多いのである。

◉〈第百六十七段〉一道にたづさはる人、あらぬ道のむしろに臨みて、

なにか一つの道に専念している人が、その専門とは無縁の方面の会席に臨んで、

「やれやれ、これが自分の専門としている道であったら、こんなふうに傍観者としてぼんやりと見てはおりますまいものを」

と言い、またそのように心にも思っている事、こんなことは珍しくもないことだが、いかにも感心せぬことと思うのである。また自分の知らぬ分野のことを羨ましく思うならば、

「ああ、羨ましいな、どうしてこれを習わずにいたものだろう」
と、あっさり言う程度にしておきたいものだ。それをわざわざ自分の知識をひけらかして人と争うなどは、角の生えた獣がその角を傾けて挑みかかり、あるいは牙のある獣がその牙で嚙みつこうとする、というようなたぐいのことである。

人としては、『論語』に「願はくは、善に伐ることなく（願うところは、自分の得意とすることを自慢することなくありたい）」とあるように、おのれの得意わざを鼻に懸けることなく、人と争わないことを以て人徳とするのである。すなわち、人よりも秀でたところがあるのは、じつは大きな欠点なのである。家柄の高貴なることでも、学問や諸芸に優れていることでも、あるいは先祖に誉れ高い人がいるということでも、ともかく自分は人よりもまさっていると思っている人は、たといそのことを言葉に出して言うことはせずとも、内心にはそれ相応の難点がある。だから、よくよく反省し慎んで、それらの「俺は人よりもまさっている」という心を忘れるようにしなくてはならぬ。愚か者にも見え、人から非難をこうむり、結果的に身の上に災禍を招く所以は、ただこの慢心ということにある。

一道だけであっても、ほんとうの意味で優れている人は、みずから明白にその意味での自分の欠点を知るが故に、志すところに対して、いつも満足することがなく、どこまで行っても他人に対して自慢することがないのである。

◉〈第百六十八段〉年老いたる人の、一事すぐれたる才のありて、

年老いた人で、なにか一つの事に優れた才覚があって、「この人が亡くなってしまったら、その後誰に教えを請うたらいいだろう」などと言われるのは、老人のためには味方を得たようなもので、そうやって長く生きていることも無駄ではないというものだ。とはいうものの、年を取ってもいっこうに衰えた様子もなく得々としている人は、一生、この事ばかりで終ってしまったのだな、と却って薄っぺらい人間に見える。老いた後には、なにかを尋ねられても、

「さあて、今はもう忘れてしもうたわい」

くらいのことを言うようでありたいものだ。大方のところを申せば、なにかを知っているとしても、それをむやみと言い散らすごときは、まあしょせんその程度の才覚ではあるまいか、と思われ、またやたら喋り散らすうちには自然と誤りもあるに相違ない。それゆえ、

「そこらへんは、はっきりとは弁え知らぬことで……」

などと言っておくのは、生半可に物知り顔で蘊蓄を垂れるよりも、まことにその道の第一人者だという感じがすることであろう。ましてや、ろくに知らぬ事を、したり顔で言うこと、それも、自分が相手より年長にして、聞かされたほうが反駁もできか

ねるであろうという人に対して、あれこれ言い聞かせたりする、さすれば、それを聞いているほうでは、「そんなことはないだろうがなあ」と思いながら聞いているなど、まことにやりきれぬことだ。

●〈第百六十九段〉 何事の式といふ事は、後嵯峨の御代までは

「かれこれの事についての式（注、定まったやり方、しきたり）という事は、後嵯峨天皇の御世までは言わなかったものだが、近年になって言うようになった言葉じゃ」と、さる人が申してござったが、建礼門院（注、高倉天皇の中宮にして安徳天皇の母、平清盛の息女）に仕えておった右京大夫という女房（注、世尊寺伊行の息女）が、後鳥羽院の御即位の後に、再び宮中に出仕した時の事を述べて、「世のしきも変りたる事はなきにも（宮中のしきたりも特に変わったところはなかったが）」と書いているが……。

（注、『建礼門院右京大夫集』の本文は、「藤壺の方ざまなど見るにも、昔住みなれしことのみ思ひ出でられてかなしきに、御しつらひも世のけしきも、かはりたることなきに」とあって、「世のしきも……なきにも」とした本文は見つかっていないので、兼好の覚え違いかと思われる）

◉〈第百七十段〉さしたる事なくて、人のがり行くは、よからぬ事なり。

たいした用事もないのに、人のところへ訪ねて行くのは良からぬことである。いや仮に用があって行くのだとしても、その用件が終ったならば、さっさと帰るべきである。長っ尻をしているというのは、たいそう煩わしいことである。

とかく人と向かい合っていれば、おのずから言葉数も多くなり、体もくたびれ、したがって心も平安が保てないというわけで、なにかと差し障りが生じて時間を無駄に過ごしてしまう。これはお互いのためになんの益もないことである。といって、気が進まないからとて、不愉快な様子で物を言うというのも良くない。面会することに気乗りがしない折は、中途半端に対座するよりは、思いきってその都合の良くないわけを話してしまったほうが良い。ただ気心の知れたどうし、ぜひ会って話したいと思う人が、たまたま無聊をかこっているなどして、

「いましばらく……きょうはひとつゆっくりと落ち着いて語り合いましょう」

などと言う場合は、この限りではあるまい。『蒙求』に、唐土の賢人阮籍は、俗物の客には白眼を以て対し、心を許した客には青眼を以て迎えたというが、なるほどさようなことは誰にもあるだろうと思われる。

ただしまた、さしたる用事もないのに、気の合った人がふっとやってきて、しばら

くのんびりと談話をして帰ってしまった、などというのはたいそうよろしい。あるいは、手紙にしても、

「久しく音沙汰なしでございましたから……」

などとあって、とくになんの用件もなく言ってよこすのは、これまた貰ってたいそう嬉しい心地がする。

●〈第百七十一段〉 貝をおほふ人の、我が前なるをばおきて、

「貝蔽い」という遊びをする人が、自分の目の前にある貝をさしおいて、よそばかり見渡しては、人の袖の陰、あるいは膝の下までも目配りしている隙に、自分の目の前の貝を人に蔽われてしまった、などということがある。よく蔽う人は、よそのほうまで無理やりに取るとも見えぬままに、ただ自分に近いところばかりを蔽うようであるが、結果はその方が、多く蔽い果すものである。（注、「貝蔽い」という遊びは、主に女子の遊戯で、もともと蛤の貝は元来の番いになっていたもの以外はぴったりとは合わぬということを以て、婦女貞節の教育的遊戯としたもの。片方を地貝、他方を出貝と称して、これを合わせて蔽い得たるときは取るというような遊びらしい）

また、碁盤上で石を弾いて落とす遊びをするときに、弾く石を碁盤の隅に置いて、目標の石めがけて弾くとき、その目標の石を見つめて弾いては当たらぬものだ。自分

の手許をよく見て、目標との間の碁盤目を目あてにまっすぐに弾けば、弾いた石は必ず目標に当たる。

これらのことから分るように、何事も、自分の外に向って結果を求めるべきでない。ただ、自分の身近なところを正しく見ることが大切だ。清献公と諡された宋代の名臣趙抃の言葉に、

「好事を行じて、前程を問ふことなかれ（ただ目の前の善を行なって、遠い先のことを問題にすることがないように）」

と言ってある。（注、これは『皇朝類苑』所引の馮瀛王の詩のなかの一句で、実は趙抃とは関係がない）

世の政治を正しく保っていく道もこうしたものであろうか。身近な内政をよく慎むことなく、軽率に自分勝手に行なってこれを妄りにするならば、遠い外国が必ず叛いて、その時になって初めて対策を考えるという仕儀となる。これは、

「風にあたり、湿に臥して、病を神霊に訴ふるは、愚かなる人なり（風に当たり、じめじめした所に寝て、それで病になったからとて神だのみをして本復を願うがごときは、愚かな人である）」

と医学の書『本草経』に言ってあるのと似ている。目の前にいる人の苦しみを助け、恩恵を施し、以て政治の道を正しくするならば、その優れた感化力が遠い国まででも及んでゆくのだが、身近な内政をないがしろにする者は、こういう現実を知らぬのである。唐土古代の聖帝禹が、帝舜の命を奉じて胡の苗族を討伐した折にも、武

力によっては従うことのなかった苗族が、兵を引いて徳政を施したときには、よく禹に従った、つまり徳を以てことに当たるに如くはないということである。

●〈第百七十二段〉若き時は、血気うちに余り、心、物に動きて、

とかく若い時代には、血気が盛ん過ぎて身に余り、外界からの刺激に反応して動き、したがって情欲も多い。これがために一身を危うくして破滅に及びやすいことは、あたかも珠を転がし走らせるのに似ている。またうわべの華麗なることを好んで財産を浪費したり、あるいは反対に財物を捨ててみすぼらしい墨染めの衣に身をやつしたり、しかしそれでも勇み猛る心は盛んにして、人と争い、心中にはおのれを恥じたり羨ましがったり、やりたいことが日々ころころと変わって定まらない。そうして、色事に耽り、恋の情に夢中になって、後先考えずに思いきった振舞いに及んで、百年の身を誤り、しまいにはそれがために命を落としたりする先例を望ましいことに思い込み、心身健全に天から与えられた寿命を全うすることを思わない。かくて思い込んだる方向に心が引きずられて、ついには後の世までの語りぐさともなる。かにかくに身を誤ることは、若気の至りともいうべき行ないである。

これに対して、老いたる人は、精神も衰え、なにごとも淡々として集中するという

ことがなく、ために外界の刺激によって心が妄動し軽挙に至るということがない。心がおのずから静かであるがゆえに、無益なことはせぬ。そうして我が身第一に心がけてよけいな愁えもなく、また人の身の上に対しても迷惑をかけないようにしようと思う。かにかくに、老いてその叡知が若い時にまさっていることは、若ければ容貌が老人よりもまさっているのと同じようなものである。

●〈第百七十三段〉小野小町が事、きはめてさだかならず。

小野小町の事跡は、まことにぼんやりとしている。その老い衰えた様相は、『玉造小町壮衰書』という書物に見えている。この書は、三善清行（注、もしくは安倍清行という説もある）が書いたという説もあるけれど、高野大師すなわち弘法大師の御作目録に入っている。弘法大師は、承和（西暦834～48年）年間の初めにお隠れになっている。小野小町が若くて美しい盛りであったのは、その後の事ではなかろうか。やはりよくは分らない。（注、金沢文庫蔵『御作目録』に「玉造小町形衰記一巻、有レ疑或ハ云フ二善相公ノ作ト一」と見えているのがこれであろう）

●〈第百七十四段〉小鷹によき犬、大鷹に使ひぬれば、

小型の鷹を使ってする鷹狩り用に訓練した犬を、大型の鷹の鷹狩りに使ってしまう

と、その後また小鷹狩りには使いにくくなるという。すなわち大鷹狩りの対象である雉や兎などの大きな獲物を取ることを覚えてしまうと、次には小さな物は相手にしなくなるという、これは一つの道理であって、まことにそのとおりであろう。人間の行ないも多くあるなかに、仏道に精進する楽しみよりも味わい深きことは無い。このことは人生において真の大事である。ひとたび仏の道を聴聞して、これに志そうとする人は、ほかのどんな道も浅くばかばかしいことを知って、どれも結局やめてしまうにちがいない。そこで、結句、仏道以外のどんなことに打ち込もうとするだろうか、いやいや、それはあり得まい。たとい愚かなる人であろうとも、賢い犬の心に劣るなんてことがあるわけはないのだから。

●〈第百七十五段〉　世には心得ぬ事の多きなり。

世の中には理解に苦しむことが数多くある。

なにか事あるごとに、まず酒を勧めて、無理強いに飲ませて興がるという事などは、さていったいなぜそんなことをしたいのか理解のほかである。無理強いに飲まされた人の顔は、まことに堪え難い苦痛に眉をひそめ、こっそりと人目にたたぬように注がれた酒を捨てようとし、なんとかして逃げようとするところを、またひっつかまえ引きとどめて、むやみと飲ませるということになれば、日頃は端然としている人でも、悪酔いしてたちまちに狂人のようになっては、愚かしい振舞いに及び、健康なる人も、目の当たりに瀕死の病人のようになって、前後不覚に倒れ伏す。それが、なにかの祝言の日であったりすれば、あきれ果てた行状となるに違いない。そうして翌日まで二日酔いで頭も痛く、気持ち悪くて物も食えず、呻吟して病臥し、当人にしてみれば、昨日のことはまるで前世のことででもあったように、なにも覚えていない。その結果、公のことにせよ、私のことにせよ、大切な用件をだいなしにして、とんだ煩いとなる。人にこういう辛い目を見せるということは、慈悲の心も無く、礼儀にも反している。そうしてこういう辛い目に遭わされたような人は、かならずや忌々しく口惜しいと思うことであろう。仮に、こうしたことが我が国には存在せず、外国にはこんな風習があるそうだと聞いたならば、さぞ理解できない不思議なことがあるものだと思うに違いない。

　かかることを他人の身の上に起こったこととして見るだけでも、うんざりとする。日頃は思慮分別に富み、心憎いばかりのお人柄だと見ていた人でも、酒に酔って何の分別もなく大声で笑い喚きたて、無駄なことをべらべらと喋り、烏帽子は歪み、その紐も外れ、袴の裾を捲り上げて脛を丸出しにし、その不用意な様子は、日頃のあの奥ゆかしいお人とも思えない。またそれが女であったなら、額髪を丸出しにして掻きのけ、恥ずかしげもなく仰向けになって大笑いし、盃を持った人の手を捉えては、下品な人は肴を取って相手の口に宛てがい、おのれ自身も喰らうなど、なんともみっともない。そうかと思うと、大声の限りを出して、おのおの歌ったり舞ったり、しまいにはヨボヨボに老いた法師が呼び出されて、その黒く汚い体を片肌脱ぎして、目も当てられぬほどぶざまに身をよじり踊ったりする、そんなものを興がって見ている人までも、疎ましく嫌な思いがする。あるいはまた、おのれの身がいかに人よりも勝っているかというような事を、脇で聞くに堪えないほど吹き散らし、なかには酔って泣き出す奴やら、下賤の者に至っては、罵り合い喧嘩をし始めるなど、それこそ呆れ返った仕儀となるのは恐ろしくさえある。かように、恥さらしにして心憂きことばかり多く、あげくには人の制止も聞かず他人の物を奪い取り、縁側から落ちるやら、馬や車から転落するやらして、しまいには怪我をする仕儀となる。一方、馬や車などの乗物にも乗らぬ身分の者は、大路をよろよろとさまよい歩いて、しまいには土塀や門の下などに向って、言うも汚らわしいものを吐き散らすやら、年老いて袈裟を懸けた法師が、共に連れている稚児の肩を押さえて、理解不能なことどもを喚き散らしながらよろめき歩いているなど、その稚児の身になってみれば気の毒で見るに忍びないというものだ。

　仮にこのような事をしても、現世で、あるいは来世であっても、なにか利益のあるかもしれぬことであるならば、それはしかたあるまい。が、この世では過誤ばかり多く、財物を失い、病を身に受ける、それが酒である。

酒は百薬の長、などと説く漢文もあるが、いやいや、多くの病は酒から起こるというのが本当だろう。また酒を呑めば憂いを忘れるという心を以て、これを「忘憂」などと漢詩には言うてあるけれど、実際には酔った人が、過去の辛く嫌なことを思い出して泣いたりもするようだからあてにはならぬ。こんなことでは、目の当たりに人としての智恵を失い、仮にどんなに善行を積んでいたとしても、酒はすべてを焼き滅ぼすこと、業火のごとくにして、結局悪を増し、よろずの戒律を破って、死して後の世には、地獄に堕ちることであろう。

「酒を執って人に飲ませた人は、五百回生まれ変わる間、手の無い者に生れ続ける」

と、そのように仏はお説きになったと『梵網経』に説かれてあるぞ。

酒というものは、これほどまでに疎ましいと思うものであるが、稀にはそれなりに捨てがたい折もあるであろう。たとえば月の夜、雪の朝、あるいは満開の桜の下などにおいて、心のどかに仲よき人と語りあいなどする、そういう折に盃を出すというのであれば、それはさまざまに興を添える行ないである。

また所在なく退屈している折に、思いがけず親しい友人が訪ねてくれて、盃を取って一献、などというのも、心慰むことである。あるいは、馴れ馴れしくできぬよう

上：第百七十五段　下：第百八十四段

な高貴のお方あたりの御簾(みす)の内から、御果物(おんくだもの)（注、木の実の類）やお御酒(みき)などが、いかにも風情よき様子を以て差し出された、などというのはたいそう良い。

冬に、狭いところで、火で何かを煎(い)ったりなどして、心の隔てない親しい間がらの者どうしが差し向いで、多く酒を呑む、それはまたたいそう愉快だ。

旅のかりそめの宿、あるいは遊山(ゆさん)に出掛けた野山などで、

「御肴(みさかな)に何かほしいところじゃが……」

などと言い合って、芝の上で飲んだりするのも興深い。また本来は酒が苦手で、勧められると迷惑がるような人が、強いられて少しだけ飲んだという風情なども、それはそれで大変に良い。

身分が自分より上なる人が、とりわけ自分に目をかけて、

「ま、もう一つまいれ。盃が空(から)になっておるぞ」

などと仰せになるのも嬉しいもの。また、ぜひお近づきになりたいと思っていた人が上戸(じょうご)であって、飲み語るうちにしっかりと仲良くなってしまった、それはまた嬉しいことである。

かれこれ言うものの、上戸であることは愉快なことも多く、酒の上の少々の不調法(ぶちょうほう)くらいは許されるというものである。夜来(やらい)酔いつぶれて朝寝をしている所を、その家の主(あるじ)が部屋の戸をがらりと開けられたによって、まごまごしつつ、寝呆けた顔その

ままに、烏帽子もかぶらず、みっともなく細い髻を剃き出しにし、着物もちゃんと着るに及ばず、手に抱き持って、エイッと引っさらうようにして逃げる、その裾を掻きつかんだ後ろ姿の手つきや、脛毛丸出しの細い脛のありさまなど、まずまずその愛嬌ある可笑しさは、酒飲みにはいかにも似つかわしいことである。

●〈第百七十六段〉 黒戸は、小松御門位につかせ給ひて、

世に「黒戸の御所」（注、内裏清涼殿の北廂から弘徽殿に続く廊のこと）と申すいわれは、小松御門（注、光孝天皇）が帝位に即かれあそばして後、昔、まだ即位以前の一貴族に過ぎなかった時分に、お戯ればかりに御自らお料理などなされ給うたことをお忘れにならず、帝の御身にても、いつも御自らお料理をお作りあそばされた、そういう場所である。その煮炊きするための御薪（注、御竈の薪の意）の煤で戸が黒くなっていたので、「黒戸」と、そのように言うということである。

●〈第百七十七段〉 鎌倉中書王にて御鞠ありけるに、

鎌倉の中書王（注、宗尊親王、後嵯峨天皇の皇子で、一時鎌倉にて征夷大将軍になったが、中務卿でもあった。中書王は中務卿の唐名）の御殿で御蹴鞠の会が開かれたが、雨が降って後、まだ庭が乾かなかっ

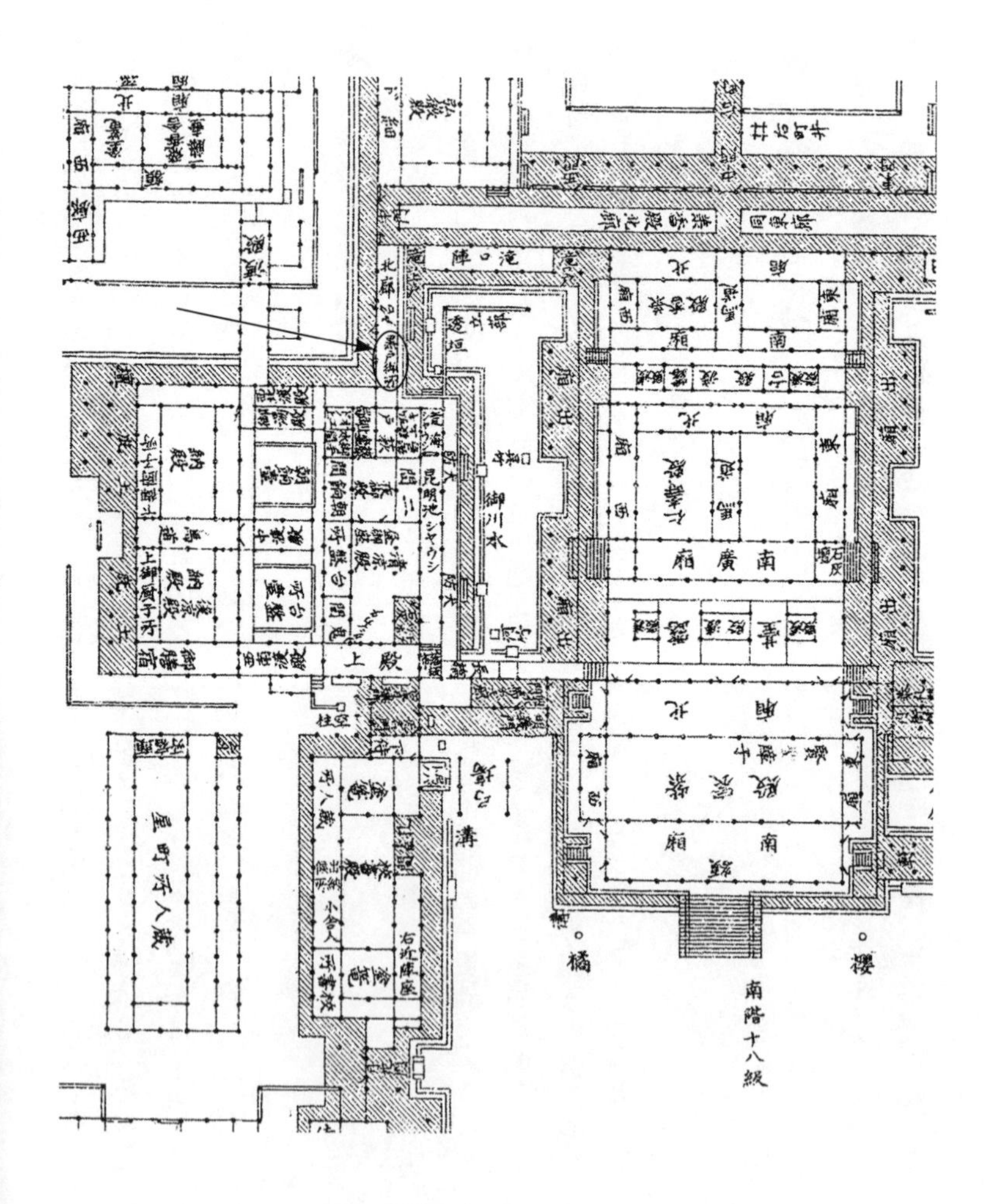

黒戸の御所（『増補国史大辞典』［大正二年刊］所収の内裏図より）

たために、さてどうしたものかと衆議があった。その時に、佐佐木隠岐入道（注、佐佐木政義、隠岐守義清の息子、出家後の法名真願）が、おが屑を車に積んで、大量に奉納したので、さっそく庭一面に撒かせて泥んこの煩いを防いだものだ。それゆえ、

「おが屑を捨てずに取り溜めておいた心用意まことに殊勝であった」

と、人みなが感じあったのであった。

この事をある者が語って披露したところ、吉田中納言（注、藤原冬方か、諸説あって未定）が、

「乾いた砂の用意はなかったのであろうかな」

と仰せになったので、その事を語った者は恥ずかしい思いをしたことであった。立派な用意だと思っていたおが屑だが、考えてみれば下世話なる物で、さようのお庭には不似合いな事である。庭のことを差配する人は、乾いた砂くらい用意しておくのが、かかる場合の故実となっていると聞くが……。

●〈第百七十八段〉ある所の侍ども、内侍所の御神楽を見て、

あるお邸に仕えている家人どもが、宮中内侍所（注、三種の神器のうち神鏡の安置されている役所）で毎年十二月に催される御神楽を見て、その事を人に語ったとき、

「御神楽へお上が行幸あそばされた時に、宝剣（注、三種の神器の一つ、草薙の剣のこと）をば、な

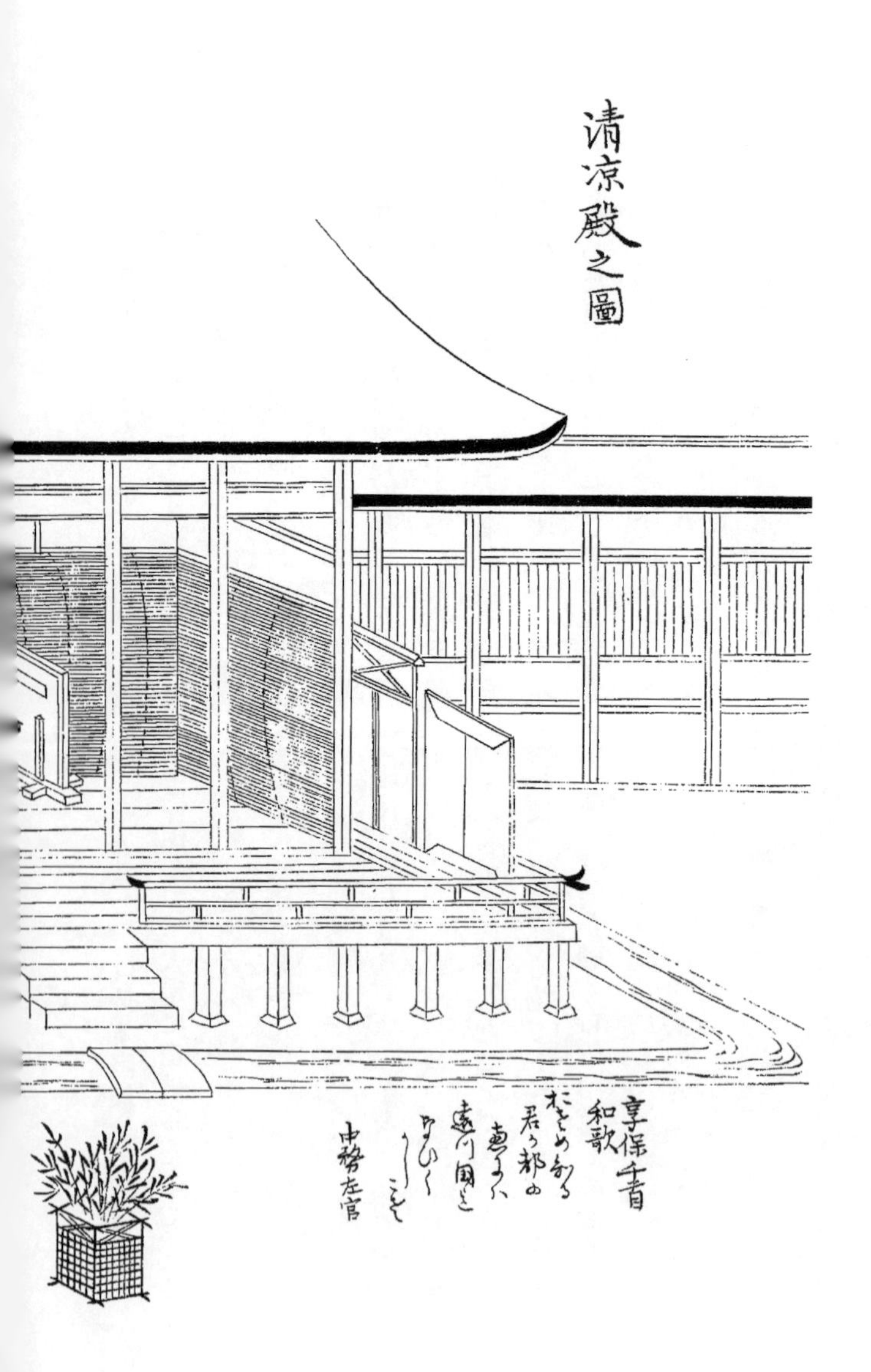
清涼殿之圖
享保千首
和歌
中務左官

清涼殿図（『鳳闕見聞図説』所載）

にがしのお方がお持ちであった」

などと言うのを聞いて、御簾の内にいた女房の中の一人が、

「清涼殿から別の御殿にお上がお出ましになる時に、臣下にお持たせになるのは、あれは昼御座にある御剣と定まっておりますものを」

と、たいそう忍びやかに言ったこと、まことに心憎いまでの一言であった。その人は、長年内侍所に仕えている典侍であった人だとか。

〈第百七十九段〉 入宋の沙門道眼上人、一切経を持来して、

修行のため入宋（注、本来は宋朝に渡ったという意味だが、この時代すでに宋は滅び、元になっていた。が、慣習的に大陸に渡ることを入宋と言ったのである）した僧、道眼上人（注、永平寺を開いた道元とは別人。伝未詳）は、彼の地から『一切経』を持ち帰り、京の六波羅あたりのやけ野という所にこれを崇め据えて、なかでもとりわけて『首楞厳経』を講説し、天竺の聖地に倣って那蘭陀寺と号した。その上人が講説のなかで申されたことは、

「天竺の那蘭陀寺は、その大門が北向きだと、大江匡房卿の説かれたところとして言い伝えられているが、『大唐西域記』や『法顕伝』などの書にもさようなことは見えず、どこにもそのような記述を見たことがない。匡房卿は、いかような知見に基づい

てかく申されたものであろう、どうも疑わしいところじゃ。ただし、唐土の長安にある西明寺（注、天竺の祇園精舎に倣って唐の高宗が建立した寺）の門が北向きであるのは、たしかにその通りじゃ」

と、このように申した。

●〈第百八十段〉さぎちやうは、正月に打ちたる毬杖を、

「さぎちょう（注、三毬杖、または左義長とも書く）」というものは、お正月に毬を打って遊んだ毬杖という槌形の杖をば、内裏の真言院から神泉苑へ運び出して、そこで一気に焼き上げる行事である。その時、皆々「法成就の池にこそ（これこそ誦法が成就した池よ）」と囃したてるのは、昔弘法大師が雨乞いの誦法を成就した神泉苑の池のことを言っているのである。

●〈第百八十一段〉ふれふれこゆき、たんばのこゆきといふこと、

「『ふれふれこゆき、たんばのこゆき』と歌う童謡があるが、これは米を搗いて篩にかけると白い粉がパラパラと降ってくる、その様子に似ているので、粉雪と言う。そしてほんとうなら『たまれ粉雪』と言うべきところを訛って『たんばの』とこう言う

のだ。またその次に『垣や木のまたに』と歌うのが本当さ」

と、このようにさる物知りが申した。なるほど昔からそんなふうに言った事でもあろうか。鳥羽院の帝（注、第七十四代天皇）が、まだ幼くおわしました頃、雪が降ったのを見て、「ふれふれこゆき」と、そう仰せられたということが、『讃岐典侍日記』に書かれてある。

◉〈第百八十二段〉四条大納言隆親卿、乾鮭といふものを供御に

四条の大納言藤原隆親卿が、乾鮭とて鮭を素干しにしたものを、お上の召し上がりものに差し上げられたところ、

「かように下世話なものを差し上げるということがあるものか」

と、ある人が難じ申したと聞いて、大納言、

「いやいや、鮭という魚はまったく差し上げることはならぬという決まりでもあるならともかく、鮭を素干しにしただけのもの、なんの差し障りがあろうものか。鮎の素干しは差し上げぬだろうか、そんなことはあるまいに」

とこう申されたのであった。

●〈第百八十三段〉 人つく牛をば角を切り、人くふ馬をば耳を切りて、

人を突く牛は、その角を切り、人に食いつく馬は、その耳を切って、目印とする。もしその目印をつけずにおいて、人に怪我をさせた場合は、その牛や馬の飼い主の咎となる。また人を噛む犬をば養い飼ってはならぬ。そのようなことがあればみな咎めがある、これらは昔から『律令』の禁じているところである。（注、前半、牛馬についての定めは『養老令』に、犬についての禁令は『養老律』に法制化されていた。但し、『養老律令』は、古代養老二年〔西暦718年〕に定められたもので、この当時はすでに散佚し、部分的に伝わっていたにすぎない）

●〈第百八十四段〉 相模守時頼の母は、松下禅尼とぞ申しける。

相模守北条時頼の母は、松下禅尼と申した人である。この禅尼が、息子の相模守を自室に入れ申しなさった事があったのだが、見れば古くて煤けた明り障子の破れたところだけに、禅尼手ずから小刀で紙を切ってあちこち張って直しておられた。相模守の兄秋田城介義景は、その日の世話役として、そこに伺候していたが、

「どれ、そのお仕事はわたくしのほうに頂戴いたしまして、なにがし男に命じて張らせることにいたしましょう。この者は、そのような手仕事を得意としておりますほど

に」

と母君に申し上げたところ、

「その男は、この尼の細工のように上手には致しますまいぞ」

と言って、その後もなお、障子の一コマずつ手ずから張られなさったのを見て、義景は、

「そのようにこまごまと紙を貼るよりは、いっそ全部張り替えてしまったほうが、はるかにたやすいことでございましょう。また貼ったところはまだらになっておりますのも見苦しくはございませぬか」

と、重ねて申し上げた。すると、

「いえ、この尼も、いずれはさっぱりと張り替えようとは思うておりますけれど、今日ばかりは、わざとこうしておくべきものと思うてな。よろず、物は破れたり壊れたりした所だけを修理して用いる事にするがよいと、そこを若い人に見習わせて、気付かせたいためですよ」

と禅尼は答えられた。まことに世にも稀なるありがたい心がけであった。

世を治める道は、「倹約」ということを根本とせねばならぬ。さすれば、禅尼は女人ではあるが、まさに聖人の政治の心に通うものをお持ちであった。それゆえ、天下をきちんと治めるほどの人を子としてお持ちになったのもむべなるかな、まこと

に、並々の人ではなかったということである。

◉〈第百八十五段〉 城陸奥守泰盛は、さうなき馬乗りなりけり。

秋田城介と陸奥守を兼任していた安達泰盛は、天下無双の乗馬の名手であった。泰盛が、馬を厩から引き出させたところ、足を揃えて敷居をサッと跳び越えたのを見て、

「これは気の立っている馬だ」

と言って、他の馬に鞍を置き替えさせたものだ。また、足を伸ばしたままで敷居に蹴り当てた馬については、

「これば鈍い馬じゃほどに、誤りがあるかもしれぬ」

と言って、乗らなかった。

よほど乗馬に通じていたからこそ、ここまで気が付くので、斯道未熟の人だったなら、これほどまでに注意深くするであろうか、否。

◉〈第百八十六段〉 吉田と申す馬乗りの申し侍りしは、

吉田何某という馬乗りの名手が申してござったことは、

「馬は、どの馬もみな手ごわいものでござる。人の力と引き比べなどできるものではないと知らなくてはならぬ。それ故、まずは乗ろうとする馬をよく観察して、その馬の強い所と弱い所とを知らねばならぬ。次に、轡や鞍などの馬具になにか危ないところがありはせぬかと、よく見て、もしちょっとでも気になるようなことがあったならば、その馬に乗って駆けるべきでない。この用心深い心がけを忘れない者を、ほんとうの馬乗りと、そのように申すのじゃ。これは乗馬道の秘伝である」
と、かように申した。

●〈第百八十七段〉よろづの道の人、たとひ不堪なりといへども、

いずれの技芸の道でも玄人として生きている人は、たといその道では下手だと言われていても、素人ながら上手だという人と並ぶときには、かならず玄人の人のほうがまさる。その道で暮しを立てる人の、たゆみなく心を用いて軽々しく考えない真剣さと、どこまで行っても勝手気ままにしているに過ぎぬ素人の芸とでは、おのずから同日の論ではないのである。

　このことは諸々の学芸、芸能、仕事のみならず、生活一般の振舞いや心配りについても言えることで、仮に愚かな人であっても、用心深く孜々として努力することは成

功する基である。が、小器用な人が自分勝手にやっているというのは、結句失敗の基である。

◉〈第百八十八段〉ある者、子を法師になして、

ある人物が、その子どもを法師にさせて、

「学問をして因果応報の道理をも知り、また説経などをして世を渡る方便ともするがよい」

と言ったほどに、この息子、父の教えのとおりに説経師になろうと思い、そのためには、まず馬に乗ることを習ったのであった。身分がら、輿だの牛車だのは持っておらぬ身で、法会とか供養とかの導師に招かれたりした場合、もし馬などを迎えによこした時に、鞍に据わりの悪い桃尻で落馬でもしようものなら、さぞ情けないことであろうと、そう思ったからであった。


次に、仏事の後に、酒などを勧められることがあろうけれど、そういう時、法師としてまったくの無芸無能というのでは、呼んでくれた檀那がさぞがっかりされるであろうと思って、「早歌」（注、鎌倉時代中期から末期にかけて、主に東国武士たちの間で謡われた歌謡で、催馬楽などよりは速いテンポで謡われたのでこの名がある。後に宴曲とも呼ばれた）という芸能を習ったのであった。かく

て馬乗りと早歌と、ふたつの技芸は、ようやく熟達の境地に至ったので、いよいよこれらの芸のさらなる上達をしたいと思って、ますます稽古に熱を入れたために、ついには本職の説経を習うべき時間がないままに、とうとう年寄ってしまった。

この法師に限ったことではない。世間の人にはおしなべてこういう事があるものだ。若い時分には、何事につけても、身を立て、なにか大きな事業を成就し、芸能をも身につけ、学問もしたいと、行く末長期に亙(わた)って、これもしたいあれもしたいという事どもを常々心にはかけていながら、まだまだ先は長いぞとばかりのんびりした心がけでいて、いっこうに努力もせず、まずは、差し当たり目前の雑事に取り紛れて便々(べんべん)と月日を送っていると、どの一つのことにも成果を出すことなく、身は老いてしまう。それゆえ、最後までどの道の上手にもならず、思っていたように立身出世も果さず、あとになって後悔してみても、もはや最初からやり直せるという年齢でもないゆえ、あとはただ走って坂を下(くだ)る車輪のごとくに急速に衰えてゆく一方である。

されば、一生のうち、主立った希望のあれこれのなかで、そのどれがもっともやりたいことだろうかと、よく思い比べて、第一に重んずべきことを思い定め、余事(よじ)は思い捨てて、ただその一事のみに出精(しゅっせい)すべきである。一日のうち、ひいては一時(いちじ)のうちにも、あれこれのことが生じてくるなかで、少しでも自分にとって利益になることに的(まと)を絞って努力し、その他のことは思いきって捨てて、もっとも大切なことを急ぐべきである。あれもしたい、これもしたいという欲張った思いを心中に持っていては、結局一つのことも成就するはずがない。

たとえば、碁を打つ人が、ただ一つの石の置きようも無駄にすることなく、相手に先んじて利得の小さな石はこれを捨て、大利を得るべき石に集中するというようなことに似ている。その際、三つの石を捨てて、十の石を得る判断をすることはた易い。しかし、十の石を捨てて、十一の石を得るということは難しい。一つでも利得の多いほうに打つべきであるが、その捨てる石が十個にもなるようだと、それを惜しむ心が出で来て、あまり利得が多くならない石には替えにくいのである。すなわち、これも捨てられぬ、あれも取りたいと欲張る心から、結果的に、あれも得ず、これも失うという道理である。

京に住む人が、急ぎの用事が東山にあって、すでに行き着いたとしても、そこでふと西山に行くほうが利益がまさる事に思い至ったとする、その時には、まずは東山の目当ての家の門口から取って返して、西山に行くべきである。それを、〈せっかく東山のここまで来たんだから、こちらの用事をまず話して済ませることにしよう、西山のほうは、とくに今日と決めておいた用でもないから、ここから帰って、後にまた改めて考えることにしよう〉、などと思うがゆえに、その一時の怠け心から、すなわち一生の怠りとなるのである。このことを恐れなくてはいけない。

一事を必ず成就しようと思ったならば、他の事がそのために不首尾になることを惜しんではいけない。また人に嘲（あざけ）られることも恥じるには及ばない。世の中、万事を捨てなくては、一大事を成就することはできぬものだ。

人がたくさんいるところで、ある者が、

「ますほの薄（すすき）、まそほの薄、などと言うことがある。これについては、渡部（わたのべ）の聖（ひじり）が、この謂（いわ）れを知っている」（注、このやり取りについては、鴨長明の『無名抄（むみょうしょう）』に見えている。マスホ、マソホ、いずれも同じ語の転訛に過ぎないのだが、薄の穂先の赤みを帯びた状態を言う歌語）

と語ったのを、登蓮（とうれん）法師という、その場におった人が、聞いて、ちょうどその時、雨が降っていたゆえ、

「こちらに蓑笠（みのかさ）がありましょうか。あったら貸して下され。その薄の伝授を受けるために、渡部の聖のところへ尋ねて行きましょうほどに」

と言った。その事を聞いて、

「なんとせっかちなお人じゃ、雨が止（や）んでから行かれたらよさそうなもの」

と、人が言ったところ、

「とんでもないことを仰せになるものじゃ、人の命の儚（はかな）さは、雨の晴れ間を待つまで生きていられるかどうか、知れぬものよ。もしその前に自分も死に、聖も亡くなられでもしたら、いったい誰にそのことを尋ね聞くことができようぞや」

と言い言い、走って出ていった。そうして、ついには無事このことを聖に習い申したということを言い伝えているのは、まことに度外れて奇特なことと思ったことだ。「敏きときは則ち功あり（敏速であれば則ち成功する）」と『論語』という書物にも出てござるそうな。この薄の故実をぜひ知りたいと思った登蓮法師と同じように、人として成仏すべき機縁をいつも思うておかなくてはならぬ。

●〈第百八十九段〉今日はその事をなさんと思へど、

今日はこれこれのことをやろうと思っていても、思いがけぬ急ぎの用事が先に出で来ては、ついつい取り紛れて過ごしてしまい、待っている人はなにか差し障りがあって来ず、宛てにしていなかった人はきちんと来たりもする。宛てにしていたことは掛け違い、思いもかけずにいたことばかりが叶うなどということもある。また、前もっていかにも煩瑣なように想像していたことは案外なんということもなく終り、簡単に片づくだろうと思っていたことが却って心の煩いともなる。

かにかくに、日々過ぎてゆくさまは、予め思っていたとおりにはならぬものである。一年のうちもこれに同じ。一生の間もまた同様である。

前もってこうこうなるであろうと想像していたことは、みな違ってゆくかと思うと、反対にまれまれ思いに違(たが)わぬこともあるから、いよいよ物事は前もって定めておくことができぬ。ただなにごとも不確定だと心得ておく、そのことのみが真実にして当ての外れることがない。

●〈第百九十段〉妻といふものこそ、をのこの持つまじきものなれ。

妻というもの、これこそは男の持つべきでないものである。

「それがしは、いつも独り暮しでして……」

などと聞くと、いやはや、ちょっと憎らしくなるほど羨ましく感じる。が、

「ナンノナニガシの婿(むこ)になりましてな」

だとか、またあるいは、

「しかじかの女を迎え取りまして、いまは一緒に住んでおります」

などと聞いた日には、なんと下らぬことを、と幻滅(げんめつ)を感じるというものだ。そうして、これといって取柄(とりえ)もないような女でも、それを良しと思い定めたればこそ連れ添っているのであろうと、そのお粗末な心ざまも推し量られるし、仮に百歩譲ってその妻が良い女だったとしたら、きっとこの女をどうしても労(いたわ)ってやりたいとでも思い、あたかも「我が仏様よ」とでも思って大事にかしずいているのであろう……とまあ、

その程度の男に違いないと思われよう。ましてや、利口ぶって家のなかのあれこれを切り盛りしている女など、はなはだ感心せぬ。さらには、子どもなどというものが出来て、ひたすら守り育てつつ大事にしているなど、厭わしく鬱陶しいことである。そうして、男が亡くなって後に、その妻が尼となって見苦しい年寄になっている有様など、おのれが死んだ後まで呆れるばかりみっともない。

いかなる女であっても、明け暮れ一緒にいて顔を合わせているうちには、なにもかも心に適わず、嫌悪するようにもなるであろう。そういうことでは、女のためにも、居るに居られず去るに去られずとでもいうか、いかにも中途半端な身の上となることが避けられまい。されば、男と女は、別々の所に住んでいて、時々男が通っていって睦まじくするというのが、年月を経ても絶えることのない仲らいともなることであろう。女にしてみても、男が思いがけずひょっこりとやって来て泊っていく、などはいつも新鮮な感じがしてよろしかろうというものである。

●〈第百九十一段〉 夜に入りて物のはえなしといふ人、いとくちをし。

「夜になってしまってからでは、物事の見栄えがせぬな」

などという人があるが、まことにがっかりさせられる。よろずの物の華やかさ、装飾性、また色合いなど、夜になってこそ見栄えがするというものだ。昼は、飾り気の無い地味な姿でもそれはそれでよろしかろう。しかし、夜には、きらびやかで華やかな装束がたいそう良いというものだ。人の風姿も、夜になって灯火の光のなかでみるのこそ、良い人はより良く見え、ものを言っている声なども、暗いなかで聞いていて、しかもその声に一廉あるような場合は、心憎いまでの魅力を感じる。香の匂い、はたまた楽器の音など、いずれも、ただ夜になってからが、ひときわ賞翫すべきものに感じられる。

とりたててどうということもない夜に、ちと更けてからしかるべきところへ参上してきた人が、すっきりとした風采をしている、それもまた良いものだ。若い者同士であっても、そのなかに特に関心を持って見る人がある場合、そういう人は時によって興味を持ったり持たなかったりなどの区別はせぬものゆえ、特についうっかりと気を許してしまいそうな場合にこそ、それが私的な場であろうと公的な折であろうと、区別なく身だしなみをきちんとしておきたいものだ。

良い男が、日が暮れてから髪を洗って梳き調えている、女も、夜が更けるころに、そろりと席を外して、鏡を手に取り、顔のお化粧など直してから、また人前に出てくるなど、いかにも趣がある。

●〈第百九十二段〉神仏にも、人のまうでぬ日、

神であれ、仏であれ、人がわやわやと大勢詣（おおぜいもう）でて来ないような日に、しかも夜になってからそっと参詣する、これが良いのだ。

●〈第百九十三段〉くらき人の、人をはかりて、

暗愚（あんぐ）な人が、他人について推量をして、その人の智恵のほどを知り得たりと思うなど、さらさら当たっているはずもない。

たとえば能のない人で、碁を打つ事にのみ利口で巧みに打つのがいたとして、こやつが、だれか賢い人で、ただ碁だけは下手くそだという様子をみて、〈よしよし、こいつは俺の智恵に及ばんな〉と独り決めにしてみたり、あるいは、何かの技巧の職人が、自分のやっている技巧について人が知らないのを見て、〈俺は奴よりもすぐれておるな〉などと思うことは、大きな誤りであろう。経典の文字ばかり研究している法師と、文字には関わらない禅宗の僧侶とが、互いに相手の智の程度を推量して、〈やつは自分には及ばぬな〉と思っているなど、どちらも当たっていない。

すなわち、自身の専門領域でない事柄について、人と争うべきでない。またその優

劣などを思うべきでないということだ。

◉〈第百九十四段〉達人の人を見る眼は、

明察達観（めいさつたっかん）の人が他人の行実（ぎょうじつ）を見る眼には、少しも誤るところがあるまい。

しかしながら、たとえば、ある人が、まるっきり虚偽の言葉を作り設けて、人をだますということがあるとしよう。この場合、世俗の人々のなかには、その嘘を素直に本当だと信じて、虚言（きょげん）のままにだまされてしまう人がある。あるいは、その嘘をどこまでも深く信じてしまって、その嘘の上にさらにくだくだと嘘を説き添える人もある。また、虚言を聞いてもなんとも思わずして、無関心のまま過ぎる人もある。また、その話はちょっとおかしいなあと思いながら、信ずるでもなく、信じないでもなく、まごまごと思案している人もある。また、どうも本当だとは思わぬけれども、あの人の言うことだから、そんなこともあるかもしれぬと、そのままに過ぎてしまう人もある。また、ああかこうかとさまざまに推量して、なにやら解ったような顔をして、賢（かしこ）げにうなずきつつ、ただ曖昧（あいまい）に微笑（ほほえ）んでいるけれど、その実まるっきり解ってない人もある。また、さまざまに推理考察を巡らして、〈ああそうか、これはきっと嘘であろう〉と合点しながら、しかしそれでもなおそう推察した自分の考えに間違えがあるかもしれぬと半信半疑でいる人もある。また、「あんなことを言ってるが、なんだ、別段どうってこともないじゃないか」と言って、手を打って笑い飛ばしている人もある。また、嘘であることは最初から分っていて、しかしそのことはおくびにも出さず、はっきりと嘘だと分っている点についてあれこれ言うこともせずに、なにも知らない人と同じような顔をしてやり過ごす人もある。また、この嘘を吐く人の意図を最初から心得ていて、そのことを〈くだらぬ嘘などつきやがって〉などとバカにするでもなく、その嘘を作り出した人と同じ心になって、人を騙すことに力を合わせるというような人もある。

　およそ愚者ばかり多い世間の中での戯れごと程度のことでも、真実を知る人の前に出れば、以上言ったようなさまざまの受けとりかたを、それぞれの人の、言葉であれ、表情であれ、隠すところなく見抜かれてしまうであろう。まして明察達観の人が、惑うている我等を見ること、あたかも掌の上の物を見ているようなものである。

　ただし、そうは言っても、こんなふうに推し量る行き方で、仏法における方便の嘘をまで、これに準じて論ずるべきではない。

●〈第百九十五段〉ある人、久我縄手を通りけるに、

ある人が、久我縄手（注、京の桂川右岸の道で上鳥羽から久我を通って大山崎北に至る直線路）を通ったところ、小袖に大口袴を着た人が、木で造った地蔵を田の中の水に押し浸して、丁寧に洗っているのであった。なにやら不思議なことだと思って見ていると、そこへ狩衣を着た男が二、三人現れて、

「こんなところにおわしましたか」

と言って、この人を伴って立ち去っていった。この小袖姿の男は、久我内大臣源通基殿その人でおわした。

この方が、まだ正気でいらっしゃった時分には、ご立派でまことにすぐれたお人でおわしたものであったが……。

●〈第百九十六段〉東大寺の神輿、東寺の若宮より帰座の時、

東大寺の鎮守神手向山八幡宮の神輿が、東寺の鎮守神若宮八幡宮からお帰りになる時、そのお供として、八幡を氏神とする源氏の公卿が参られたのだが、この殿（注、前段に出てくる源通基）が、その大将として行列の先払いをしておられたことについて、土御

上：第百五十四段　下：第百九十五段

門の相国 源 定実卿が、

「神社の御前で、大声を上げて先払いをされるのはいかがなものであろう」

と異論を唱えられたところ、大将は、

「随身の振舞いは、ただ宮城の警固にあたる武官の家の者のみが知ることでござる」

とだけお答えになったものであった。

そうして、後にこのことについておっしゃったことは、

「かの相国（定実）は、『北山抄』（注、藤原公任著の有職書）を見て、あのように仰せられたのであろうが、『西宮記』（注、源高明著の有職書）の説のほうはご存じなかったのであろう。その実は、その社に憑いている悪鬼や悪神を恐れるがゆえに、神社の前を通るときにこそ、声を上げて先払いをするべき道理があるのだ」

と、このように仰せられたことだ。

●〈第百九十七段〉 諸寺の僧のみにもあらず、定額の女孺といふ事、

「定額」という名称は、ただ国分寺・官寺・勅願寺など公の寺の僧のみに用いられるのではない。「定額の女孺」（注、後宮に仕える下級女官）ということが『延喜式』（注、醍醐天皇の勅命によって延喜五年〔西暦905年〕に編纂に着手し、延長五年〔西暦927年〕に完成した法律）に見えている。

すなわち、定額と申すのは、宮中に仕える下級官吏のうち数が定まっている者に共通した名称であろうと見える。

●〈第百九十八段〉 揚名介に限らず、揚名目と言ふものもあり。

「揚名介」は、名目のみにしてその実体のない官職のことだが、これは介（注、官庁の次官）についてだけ言うのでなくて、「揚名目」（注、目は国司庁の四等官）という名も『政事要略』（注、惟宗允亮著の法制書）にある。

●〈第百九十九段〉 横川行宣法印が申し侍りしは、

横川の行宣法印が申してござったことは、

「唐土は呂旋法の国であります。だから律旋法の音は無い。我が大和の国はただ律旋法のみの国であって、呂旋法の音は無い」

と申した。（注、音楽における音の並び方を旋法といい、国により時代により様々な旋法がある。平安時代の雅楽などで用いられた旋法は、宮・商・角・徴・羽の五音階からなり、これはいわば、ド・レ・ミ・ソ・ラの音階［いわゆる四七抜き音階］に近い。後に、宮を主音とする旋法を呂、徴を主音とする旋法を律と呼んだらしい。それぞれ西洋の長調と短調の音階にやや近い）

●〈第二百段〉呉竹は葉ほそく、河竹は葉ひろし。

呉竹は葉が細く、河竹は葉が広い。宮中清涼殿の東庭の御溝の近くには河竹、宮中仁寿殿のかたに寄せて植えておられるのは呉竹である。

●〈第二百一段〉退凡・下乗の卒都婆、外なるは下乗、

釈迦が霊鷲山にて説法されたときに、「退凡」「下乗」の二つの卒塔婆が、説法の場へ至る道に立ててあったが、外のほうにあったのが「下乗」これは何人もそこで車馬を下乗すべしとの、内のほうにあったのが「退凡」これは凡愚の人は入るべからずとの趣意であった。

●〈第二百二段〉十月を神無月と言ひて、神事にはばかるべきよしは、

十月を神無月と言って、神祇の行事を遠慮しなければならぬということについて、その根拠を記した書物は無い。また、典拠とすべき文献とても無い。ただし、この十月には、いずこの神社にも祭礼が無いので、このように名があるのでもあろうか。

この月には、ありとあらゆる神たちが、伊勢の皇太神宮にお集まりになっているの

だ、などという説もあるが、その根拠とすべき文献もない。もしそれが正しいことだとしたら、伊勢では取り分けてこの月を祭の月としてあって当然のはずだが、そのためしもない。十月には、あちこちの神社に帝が行幸されるという実例も多くある。ただし、その多くは不吉の例である。（注、この不吉の例ということについては、『徒然草文段抄』には『寿命院抄』を引いて、寛和元年の花山院北野行幸、寛弘元年の一条院の日吉行幸、延久三年の後三条院の行幸などを例として挙げ、「花山院は御在位わづかに二年にておりゐさせ給ひて、御落餝在りし。後三条院は此行幸のあくる年すべらせ給ひて、又のとし崩御なりし。かやうの事を不吉の例といふにや」とあるが、はたしてこれらのことで、「その多くは不吉の例」だとまで言えるかどうか、じつは解釈が定まっていない）

●〈第二百三段〉勅勘の所に靫かくる作法、今はたえて

帝のお怒りに触れた者の家には、その門に靫（注、矢を入れて背に負うための武具）を掛けるという決まりがあったことを知っている人は、今やまったくいない。お上のご病気、あるいは世上戦乱や疫病などの騒がしいことが続いているときには、五条の天神に靫をかけられる。鞍馬に靫の明神という神社があるが、これも昔は靫をお掛けになっていた神様である。検非違使庁から看督長と呼ぶ下級役人が背負っていった靫を、家の門に掛けられてしまうと、誰もその家の出入りが禁じられる。この決まりが行なわれな

くなって後、今の世には、そうした家の門に封印を付けるという決まりになってしまった。

◉〈第二百四段〉犯人を笞にて打つ時は、拷器に寄せて

犯罪者を笞で打つ時には、拷器（注、拷問用の木）に縛りつけて打つのだそうだ。しかるにその拷器については、その形も、またどうやって引き寄せて縛りつけるのかも、今では弁え知る人はいなくなってしまった。

◉〈第二百五段〉比叡山に、大師勧請の起請といふ事は、

比叡山に、開山の伝教大師の霊を呼び出して書く起請文ということは、第十八代天台座主慈恵僧正が書き始められたものである。さりながら、この起請文ということは、公家の明法家の世界では、いっこうにそのような沙汰はなかったものである。いにしえの聖代、すなわち醍醐・村上両天皇の御世までは、いっさい起請文を立てて行なわれる政事などは無かったものだが、近頃の武家の世界ではこんなことが流布することとなったのである。

また、公の法令では、水と火とには穢れあるを認めないが、入れ物には穢れがあ

るに違いない。（注、起請文というのは、霊威ある神仏の名を挙げてその霊威に誓って何かをすることを約定する証文で、武家の時代になると、なにごとにもこの起請文を書いて互いの信頼を担保する方策が用いられた。なお、この最後の一文がここに書かれている意味はよく分らない。あるいは別の一段として見るべきかという説もある）

◉〈第二百六段〉徳大寺右大臣殿、検非違使の

徳大寺右大臣公孝卿が、検非違使の長官であった時分、徳大寺邸の中門廊において庁の評定を開いていたが、その時、中級官僚の中原章兼の牛車の牛が車から放れて、その邸内に入り、徳大寺長官の座るべき浜床（注、方形の床で、上に畳を敷いて座る）の上に昇り、なにかムシャムシャと反芻しながら寝そべってしまった。かかることは、重大なる奇怪事だというので、ことの吉凶善悪を占わせるために、件の牛を陰陽師のもとへ連れて行くべきだと、役人たちは口々に申し上げたが、それを公孝卿の父太政大臣実基卿がお聞きになって、

「なに、牛に分別など無い。足があるのだから、どこへだって昇らぬということもなかろう。貧乏役人が、たまたま出勤用に使った痩せ牛を、こんなことで取り上げられるという法もなかろうぞ」

と言って、その牛を主に返し、牛が涎を出して寝そべっていた床の畳だけを替えら

れたのであった。そうしたからとて、何ら不吉な事もおこりはしなかったと伝える。

格言にも「怪しみを見て怪しまざる時は、怪しみかへりて破る（奇怪なことを見てもまったく怪しむことがない時には、どんな奇怪事も却って奇怪ではなくなってしまう）」と言うてある。


（注、『徒然草文段抄』には『寿命院抄』を引いて「千金方に、黄帝雑記咒に云く、怪しみを見て怪しまざれば、其の怪自づから壊る」という典拠を挙げる）

●〈第二百七段〉亀山殿建てられんとて、

後嵯峨天皇の亀山離宮をお建てになるというので、地ならしをされたるところ、大きな蛇が、無数に蝟集している塚があった。これはこの所の神だと言って、事の次第をお上に奏上したところ、

「どのように致したらよいか」

と直々のご下問があった。そこで、

「古くからこの土地をばそのようなことで占有いたしておりますものでございますならば、むやみに掘り捨てることもかないますまい」

と皆々申し上げたのだったが、徳大寺実基の大臣ただ一人は、

「帝の知ろしめす国土に住む虫どもが、皇居を建てられようというときに、なんの祟

りなどなすべきでありましょうや。諺にも『鬼神に邪なし（超自然的な霊威や神は邪悪な行ないはせぬものだ）』と申します。さらにご心配には及びませぬ。ただ、その蛇どもはみな掘って捨てておしまいなさい」

と申されたほどに、件の塚を掘り崩して、そこにいた蛇どもはみな大井河に流してしまったことであった。むろんさらさら何の祟りもなかったことである。

●〈第二百八段〉経文などの紐を結ふに、

経文などの巻物の紐を結ぶのには、ぐるりと巻いた紐を交互に上へ下へとたすき

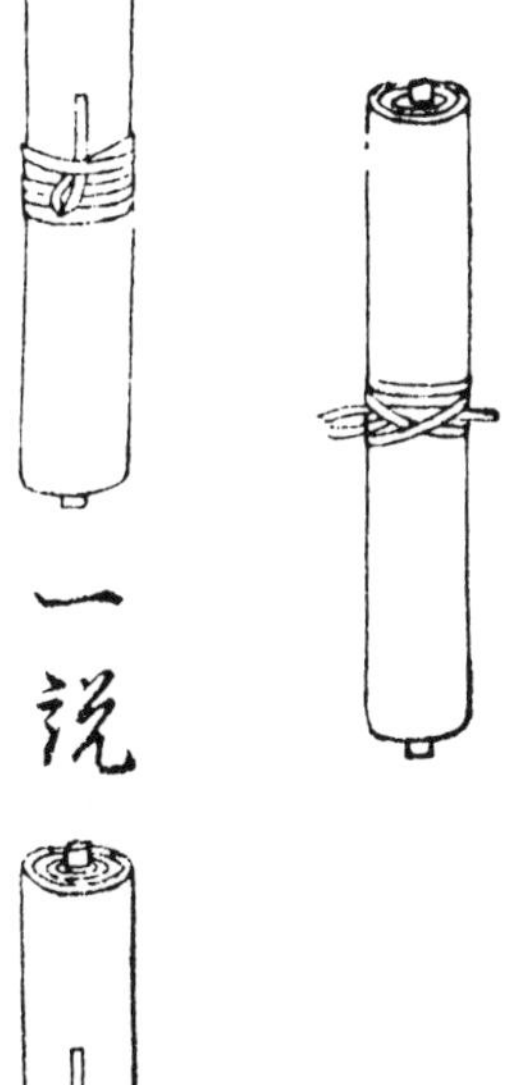

紐のかけ方
（『徒然草文段抄』より）

のように違えて巻き、二つ折りにした紐の端の輪になったところを、巻き付けた紐二筋の間から横向きに引き出して留めるというのが、まずふつうのやり方である。そこで、そのように留めたところが、華厳院の弘舜僧正が見咎めて、ほどいて留め直させたことがある。

「この留めかたは、今どきのやり方である。はなはだ醜いぞ。間違いのないきちんとしたやり方は、紐をただくるくると巻いて、上から下に、紐の折り端をさしはさむがよい」

と、このように申された。

僧正は、年功を重ねた人にて、かようなことをよく知っている人でござった。

（注、実際の紐の懸けかたは、付図参照。図の右が当時通行の留めかた。左が弘舜僧正の教えた古式のやりかた）

◉〈第二百九段〉人の田を論ずる者、訴へに負けて、

他人の田を我が物だと言って争っていた者が、その訴訟に負けて、癪に障ったほどに、

「その田を刈って取れ」

といって、人を遣わしたところ、その者どもが、手始めにその田に至る途中の道端

の田の稲をまで刈って取ってゆくので、

「これこれ、これはそなたらの主が訴えておった田ではないぞ。なぜにそのような不届きなことをするのじゃ」

と咎めたところ、刈った者ども、

「むろんその訴訟の田の稲も刈ってよい道理はないのだが、そこを道理に外れて刈って来いと言われて出向く俺達じゃもの、どこの田だって刈らずに通るということがあるものか」

と、こんなことを言いおった。

この屁理屈がいかにも可笑しいことであった。

●〈第二百十段〉　喚子鳥は春のものなりとばかりいひて、

しかるべき歌書には「喚子鳥は春のものなり」とだけ言うてあって、それがいかなる鳥をさすのだか、はっきりと記したものがない。しかるに、ある真言宗の書物のなかに、喚子鳥が鳴く時に死者から遊離した魂を招く呪法をおこなうやりかたが書いてある。が、それは実は鵺（注、トラツグミの異名）のことである。『万葉集』の長歌に、「霞立つ長き春日の（霞が立っている長い春の日の）云々」と歌っているその先に鵺のことが出てくることからして、鵺鳥も春の鳥で、喚子鳥の様子に似通っているように読める。

（注、上記の『万葉集』巻一の長歌「讃岐の国の安益の郡に幸す時に軍王が山を見て作る歌」は、続けて「暮れにけるわづきも知らず村肝の心を痛みヌエコ鳥うら嘆けをれば云々（いつ暮れたのかも知らず、妻を思う心の痛さに、鵺鳥のように歎き泣いていると……）」とて鵺を春の鳥として詠じている）

●〈第二百十一段〉よろづの事は頼むべからず。

世の中のことは万事頼みにすることなどできぬ。しかるに、愚かなる人は、その頼みにならぬことをどこまでも当てにするがゆえに、当てが外れて恨み、かつ怒るということがある。

たとえば、権勢ある人だとて、その勢いを頼みにはできぬ。強い者からまっさきに滅ぶものだ。また財産が多いからとて、それも頼みにはならぬ。財物などは、あっという間に失いやすい。学問の才があるからとて、頼みにはならぬ。かの聖賢の孔子さえ時勢に合わなかったではないか。どんなに人徳があるからとて、それも頼みにはならぬ。孔子の弟子中人徳を以て知られた顔回だとて、結局不幸であった。君公の寵愛にしても、やはり頼みにはならぬ。なにかのきっかけで君の怒りを買ったならば、たちまち罪せられて処刑されたりもする。また召し使う下僕が従順に仕えているからとて、それも頼みにはならぬ。主(あるじ)に背(そむ)いて逃げ去ることがある。他人の好意をも頼むことはできぬ。人の心などは必ず変わってしまうものだ。人との約束をも頼むことはできぬ。現実は信(しん)を以て約束を守ることなど少ない。

かくて、我が身をも頼まず、他人をも頼まずにいるならば、物事がうまく行ったときは喜ぶのだし、そうでなかったときも恨みに思うことはない。あたかもそれは、左(さ)右(ゆう)が巾広(はばひろ)ければ妨げられることがないし、前後が遠ければ行く手が塞(ふさ)がるということもないようなものだ。心の持ちようがこせこせと狭い時は、たちまち押しつぶされ砕けることであろう。また、心の配りようが乏(とぼ)しくて、なおかつ他人に対して厳しく当たるような場合は、人とぶつかり争って、結局おのれも傷つくことになる。反対に、心の持ちようが緩(ゆる)やかで柔らかいときは、和(わ)を保ち得て、おのれの身の一毛(いちもう)も損(そん)ずることがない。

人は天地の霊長(れいちょう)である。しこうして天地には限りがない。されば人の本来の性格も、それとどうして異なっているはずがあろうか。心が天地のように寛(ひろ)く大きくして極まりない時は、喜怒(きど)の情(じょう)が心を騒がせることもなく、また外物(がいぶつ)のために煩(わずら)わされることもないのである。

徒然草 〈第二百十一段〉

●〈第二百十二段〉 秋の月は、限りなくめでたきものなり。

秋の月は、限りなく賞嘆すべきものである。しかるに、〈月というものは、どんな季節でも、まあこんなものだ〉と思って、秋の月のよろしさを分別できぬ人は、まことにまことに情けないというべきものである。

●〈第二百十三段〉 御前の火炉に火をおく時は、火箸して

お上の御前の火鉢などに炭火を置く時には、その炭を火箸で挟むという事はせぬものだ。火を入れて運んできた素焼の土器から、種火の炭を、火鉢に積んだ炭の上にじかに落として移さなくてはならぬ。そのため、その火のついた炭がころがり落ちぬように、火鉢の炭は、そのことに予め留意して積んでおくべきものである。

石清水八幡宮への御幸（注、上皇、法皇、女院のお出ましを、天皇の行幸と区別してこのように言う）に、お供の人が神事に奉仕する神官のように白い着物を着て、素手で炭を挿し継ぎされたところ、ある有職方面に通じた人が、

「白い着物を着た日だけは、火箸を用いることも苦しゅうない」

と申されたことであった。（注、本段前半は、火鉢のなかに火のついていない炭を置き、そこへ種火の炭を入れて

運んできた土器から直接に落とし入れるということらしい。それゆえ、お上の御前で見苦しく火が転がったりしないように、あらかじめ火鉢の炭はしっかりと組んで積み、中央を窪ませておくなどの工夫をする必要があったということのようである。後半は、それとはまた別に、火鉢の中ですでに熾っている炭の上に火のついてない炭を差し継ぎするというときの作法について述べているらしいが、どうも言葉足らずではっきりしない）

◉〈第二百十四段〉想夫恋といふ楽は、女、男を恋ふる故の名にはあらず。

「想夫恋」という楽は、女（妻）が男（夫）を恋しく思うということから名付けられたのではない。もともとは、「相府蓮」と書いたもので、ただ字音が似通っているので「想夫恋」という字を宛てたものである。晋の王倹が、大臣として、その公邸（則ち相府）に蓮を植えて愛玩していたときに作られた曲である。これよりして、大臣のことを蓮府ともいうようになったのである。

また「廻忽」という曲も、もとの字は「廻鶻」といったのであった。すなわち、廻鶻国という野蛮人の剛勇な国があった。その野蛮人が、漢の王朝に帰順した後にやって来て、おのれの国の楽を奏した、その国の名を以て「廻鶻」とよぶのである。

◉〈第二百十五段〉平宣時朝臣、老ののち、昔語りに、

平宣時朝臣が、老いての後の昔語りに、

「最明寺入道（注、北条時頼）が、ある日の宵の時分にそれがしをお呼びになったことがあったが、『すぐに参りましょう』と返事をしておきながら、じつはきちんとした直垂（注、武家の出仕用の公服）がなくてとやかくしているうちに、二度目の使者がやって来て、『もしや直垂などがござりませぬか。夜のことなれば、別にいかような服装でも良いから、ともかくはやく参るように』とのことであった。そこで、よれよれになった直垂を着して、まるで普段着のような風体で参上したところ、入道は、銚子に素焼の盃を添えて持って出られ、『いや、この酒を一人でいただくのが寂しいほどにな、そなたを呼び申したのじゃ。肴とても無いのだが、家の者はもう寝静まったことであろう、そなた、なにか好適な肴がないかどうか、そこらじゅう探し求めてみられよ』とのお沙汰であったので、さっそく紙燭（注、細い木に油をしみ込ませて火を点ずるもの。火の廻りを紙で囲って携帯用照明具とす）を灯して持ち、隅々まで肴を探し求めたところ、台所の棚にて、小さな素焼の皿に味噌が少し付いているのを発見して、『こんなものを探し求め得てございます』と申し上げたところ、『それで良かろうぞ』と仰せになって、快く数献の酒を酌み交わし、おおいにご機嫌でおわしたことじゃ。その時代には、ほんとうに

上：第二百十五段　下：第二百三十六段

こんな案配でござったなあ」

と申された。

◉〈第二百十六段〉最明寺入道、鶴岡の社参のついでに、

同じく最明寺入道は、鶴岡八幡宮にご参詣のついでに、義理の叔父に当たる足利左馬入道義氏のもとへ、まずは使いの者を遣わして、それからその邸へ立ち寄られたことがある。その折に、左馬入道が饗応されたその仕方は、まず最初の一献に熨斗鮑、二献に海老、三献に掻き餅（注、今の蕎麦掻のようなものか）、という献立で済ませられた。その一座には、亭主の義氏夫婦のほかに、隆弁僧正（注、鶴岡八幡宮寺の別当）も亭主側の人として一座されていた。そうして、最明寺入道が、

「毎年頂戴いたしております足利の染め物、待ち遠しい思いでおります」

と申されたところ、

「用意いたしてござる」

とあって、義氏はさまざまの色の染め物三十疋（注、一疋は二反）を、目の前で女房どもに小袖に仕立てるように言いつけて、後に入道のもとに遣わされたのであった。

その時同席して見ていた人が最近まで存命であったが、こんなことを語り申したこ

とである。

◉〈第二百十七段〉ある大福長者のいはく、人はよろづをさしおきて、

さる大富豪曰く、

「人はなにもかもさしおいて、ただただ富を得ることに専念すべきじゃ。貧しくては生きている甲斐がない。ただ富める人だけがほんとうの意味での人だと言える。だから、その富を得ようと思うならば、すべからく、まずその心の持ちようを修行せねばならぬ。その心とは何かといえば、外でもない。人の世は永久不変なるものだという信念を揺るぎなく持って、仮にも無常などという観念を起こしてはならぬ。これがまず第一の心用意である。次に、なにもかも自分の思う通りにしようと思ってはならぬ。人の世に生きている限り、自分のことにせよ、他人のことにせよ、やりたいと願うところは限りがない。しかるにその欲にまかせて、やりたいことをやり遂げようと思ったならば、たとえ百万の銭があろうとも、その銭はあっという間に手もとを離れていってしまうであろう。人間の願望は瞬時も止むことがない。しかし、財産はやがて尽きてしまう時がやってくる。その限りある財産を以て、限りない願望を恣にすることは、しょせん不可能である。したがって、もしなにかの欲望が心に湧いてく

ることがあったら、自分を滅ぼすべき悪念が来てしまった、と観念して、固く己を慎み、なりゆく果てを畏れて、わずかの願いでも果してはならぬ。次に、銭をあたかも手下の者のように使い用いるものだと心得ているようでは、将来とも長く貧苦を免れることはできぬ。銭をば、我が主君とも神様とも思って、恐れ敬って仕えるというくらいの心がけでなくてはならぬので、決して恣にこき使うようなことがあってはいけない。次に、金銭をみだりに使わぬ心がけのゆえに、ケチな奴だと思われたりして、恥をかくようなことがあろうとも、怒り恨むことがあってはならぬ。次に、正直にして、約束を固く守るがよい。これらの道義を守っての上で利得を求めようとする人にとっては、富のやって来る事は、恰も乾いた所に火がつき、水が低きに流れるがごとくであろう。そうして、銭が積もり積もって無尽蔵に溜まったとしても、宴し、飲酒し、歌舞音曲や女色に淫するようなことは一切せず、身の回りを飾り立てることもせずに暮していくならば、たとい願望は成就しなかったとしても、心の中は永劫に安らかであり、楽しくもあろう」

と申したことであった。

そもそも、人は願望を成就しようと思うが故に財物を求める。金銭を財物として大事に思うのは、それが願いを叶えてくれるからである。願うことがあってもそれを叶えるに及ばず、銭はあっても用いることがないのは、まったく貧乏人と同じである。

そんなことで、いったい何を以て楽しみとするのであろうぞ。この大富豪の教えは、ただただ人間の欲望を断って、貧窮を苦にすることなかれと言うように、私には聞こえる。されば、欲望を叶えて楽しみとしようよりは、いっそ最初から財産など無いに越した事はない。『倶舎論』に「誰か有智の者にして、水を灑いで癰を洗ひて、少かの楽の生ずること有らんに、癰を執りて、楽と為んや（仮にも智恵の有る者であれば、水を注いで出来物を洗い、それでいささか楽を生ずるからといって、出来物ができたことを楽だと思うはずはない）」と言ってあるごとく、癰や疽のような悪い出来物を病む者が、これを水で洗って楽しみとするよりは、むろんそんなものを病まないのに越した事はないのである。ここに至っては、貧者も富豪も区別がない。天台宗に教えるところの六即、つまり真理への六段階のうちの、最高位の究竟即言い換えれば仏の悟道の境地も、初位の理即言い換えれば凡夫が成仏を願いながら生死に輪廻して迷っている境地も、つまるところ等しいのである。また醒めた目で見れば、大欲は無欲に似ているのである。

●〈第二百十八段〉**狐は人に食ひつくものなり。堀川殿にて、**

狐は人に嚙みつくものである。久我大納言源通具卿の子孫が代々住んでいた堀川の御殿にて、下働きの家来が寝ていて足を狐に嚙まれた。仁和寺でも、夜、本堂の前を通っていた下位の雑役僧に、狐が三匹飛びかかって嚙みついたので、刀を抜いてこれを防いでいるうちに、狐二匹を突き、そのうちの一匹は突き殺した。あとの二匹は逃げてしまった。法師はあちこち嚙みつかれながら、特に命に別状もなかったことであった。

◉〈第二百十九段〉 四条黄門命ぜられていはく、

四条黄門藤原隆資卿（注、黄門は中納言の唐名）が私に仰せになったことは、

「豊原龍秋は、笙の道においては格別の巧者じゃ。その龍秋が、先日わしのもとに来てこんなことを言いおった。『まことに考えの浅い身にて、こんなことを申すのも甚だ軽率なることながら、横笛の五の穴は、いささか納得いたしかねる所がございましょうかと、じつは内心疑わしく思うております。と申しますのは、干の穴は平調、五の穴は下無調です（注、以下、笛の穴の名は付図参照）。その間には勝絶調が置かれております。つぎに上の穴は双調、つぎに鳧鐘調を隔てて、夕の穴は黄鐘調です。その次に、鸞鏡調を隔てて中の穴、これは盤渉調です。また中の穴と六の穴の間には神仙調があります。かようにして間々にみな一つの中間音を潜ませてあるのに、五の穴のみは上の穴との中間の調子を置かず、しかも穴と穴の間隔はどこも等しく配置して

あるゆえに、その音はなにやら不快です。されば、私はこの穴を吹く時は、必ず口を少し仰(あお)のけに離します。そこがうまく加減できないときは、他の楽器とうまく調和しませぬ。ここを美しく吹ける人はなかなかおりませぬ』と、このように申しました。なるほど深慮(しんりょ)の至り、まことに面白いことじゃ。世に『先輩として立つものが、後輩を畏(おそ)れ敬(うやま)う』と申す諺(ことわざ)は、こういうことを言うのであろう」

と、こんなことでござった。

それから暫くして、笛の名手大神景茂(おおがかげもち)が申しておったことは、

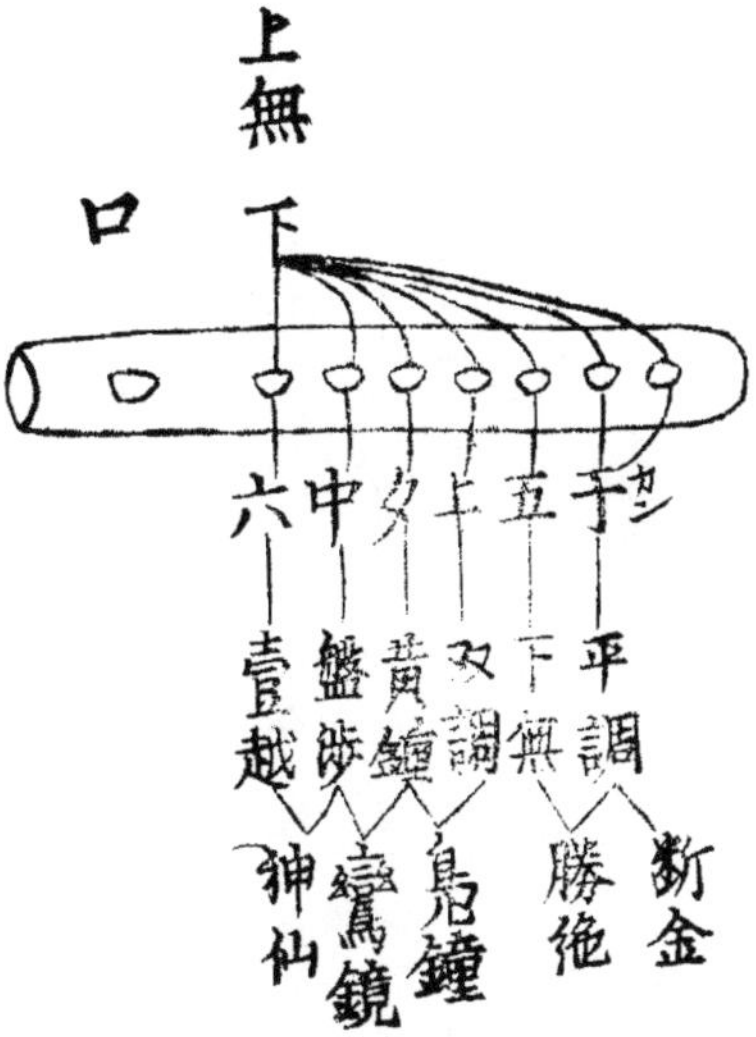

横笛の構造(『徒然草文段抄』より)

「なにぶん、笙（しょう）の笛は、すっかり調律を済ませてから持つものゆえに、ただ吹くばかりのことです。笛は吹きながら、息の使いかたを変えて同時に音を調節してゆくものですから、穴ごとに、それぞれ口伝（くでん）があり、さらに吹き手の天性の才を以て心を込めることは、なにも五の穴に限ったことではありませぬ。またその調節については、つねに仰のけに口を離すとばかり決まったものでもありませぬ。そこを下手（へた）に吹けば、どの穴の音も不快に感じられます。が、ほんとうの上手は、どの穴でも巧みに吹き合わせます。呂（りょ）にせよ律（りつ）にせよ、調子がうまく調和していないのは、吹き手の責任です。楽器の欠点ではありませぬ」

と、かように申した。

●〈第二百二十段〉何事も辺土は賤しくかたくななれども、

「なにごとも田舎の人のやりようは下賤（げせん）で粗野（そや）なものだが、ただ天王寺（てんのうじ）の舞楽のみは、都に引けをとるものでない」

と、このように私が言ったところ、天王寺の雅楽の楽人（がくにん）が申しましたることは、

「わが天王寺の雅楽は、よく図竹（ずたけ）（注、調子を調えるための竹笛）を鳴らして音を合わせる結果、すべての楽器の音がぴたりと調和いたしますこと、これは外（ほか）のところよりも優れ

ております。その訳は、じつは当寺創建の聖徳太子が御在世中の音階を示すものが、今に伝存いたしておりますので、図竹は、それを基準として音を合わせております。世間では六時堂と呼んでおります、あのお堂の前の鐘がその基準です。その音程は黄鐘調にぴったりと一致しております。しかし、寒暑に従って、多少の上がり下がりがある筈ですから、二月の涅槃会（注、陰暦二月十五日、釈迦入滅の法会）から聖霊会（注、同二月二十二日、聖徳太子忌日の法会）までの間の音を基準としております。これは当寺の秘伝としております。この基準となる一調子をもとにして、すべての調子を調えておるのでございます」

と申した。

およそ、鐘の音は黄鐘調であろう。これは無常の調子であり、祇園精舎の無常院の鐘の音なのだ。西園寺の鐘は、黄鐘調に鋳造したいと思ってなんども鋳直されたけれども、どうしてもうまくいかなかったために、遠国からその調子に合った鐘を探し出してきたのである。浄金剛院の鐘の音も黄鐘調である。

●〈第二百二十一段〉建治・弘安のころは、祭の日の放免のつけ物に、

「建治（西暦1275〜78年）から弘安（西暦1278〜88年）の頃は、祭の日の放免（注、検非違使庁の下部。刑期を終えて放免された罪人を任用したので、こう呼ばれた）どもの衣服に付ける飾りとして、ちと風変わりなる紺の布の端切れを四つ五つ用いて馬を作り、その尾やたてがみには灯心に用いる細紐を使い、装束には蜘蛛の巣などを描いた水干（注、丈の短い狩衣の一種）にその馬の作り物を付け、『蜘蛛の居に荒れたる駒はつなぐとも二道かくる人は頼まじ（あの蜘蛛の巣に荒々しい馬を繋ぐことができたとしても二股かけるような男は信頼せぬぞ）』という古歌を以て、その付け物の心を言い言い渡っていくなど、いつも見及んでおりましたことにて、なんと面白く拵えたものじゃという思いで見たことでございましたな」

と、老いたる道志（注、明法道に通じた衛門府の志という意味で道志と略称したもので、つまりは律令などに詳しいうるさ型の老人なのであろう）どもが、五、六十年も経ったこんにちになっても語り伝えている。

このごろは、その付け物も、年を追うごとに大げさで贅沢な拵えがことのほかひどくなり、なにやかやと重い物をたくさん付けて、左右の袖を従者に持たせて、放免自身は手に鉾の一つも持つことなく、それでもぜいぜいと苦しそうな息遣いをして行く有様は、まことに見苦しい。

◉〈第二百二十二段〉竹谷乗願房、東二条院へ参られたりけるに、

醍醐の竹谷に住した乗願房宗源は、中宮の東二条院（注、正確には、後に中宮となられた西園寺実氏の息女）のもとに参上された折に、

「亡き人の追善のためには、どういうことがもっとも御利益が多いのでしょうか」

と、中宮がお尋ねあそばされたので、

「それは、光明真言ならびに宝篋印陀羅尼をお唱えになることでございましょうな」

と申し上げられたことがある。これをあとで弟子どもが聞いて、

「なぜそのように申し上げなさいましたのか。念仏宗のお立場から、南無阿弥陀仏の念仏に勝ることはございますまいと、どうしてそのように仰せになりませなんだか」

と苦情を申したところ、

「たしかに、念仏宗は自分の信ずる宗旨ゆえ、そのように申し上げたいのは山々だったが、さはさりながら、ただ追善のために念仏を称えるならば大いなる御利益があるにちがいないと説いている経典を見たことがないゆえ、もし自分が念仏のことを申し上げて、かりに女院さまが『そのお教えは、いずこの経典に見えておるのか』と、重

ねてご下問あそばされたときには、どのようにお答え申し上げようかと思い、根拠となる経典の確かなるものに拠ってお答えしようと考えて、その真言と陀羅尼をば申し上げたのじゃ」

と答えられたことであった。

●〈第二百二十三段〉鶴の大臣殿は、童名たづ君なり。

鶴の大臣殿（注、九条基家）は、幼名が「たづ君」であった。そのために、鶴の大臣殿と呼ばれるようになったので、鶴を飼っておられたからだというのは、間違っている。

●〈第二百二十四段〉陰陽師有宗入道、鎌倉より上りて、

陰陽師有宗の入道（注、俗名安倍有宗）は、鎌倉から上京して、私のもとへ尋ねてやって来たが、邸内に入るとすぐに、

「この庭の無駄に広いこと、あきれるばかりで、あってはならぬことじゃ。世の道理を知る者ならば、役に立つ植物を植える努力をするものだ。細い通路一本だけを残して、余はみな畑にお作りなさいませ」

と諫めたことがござった。

まことに、狭い土地でも、なにも植えずに放置しておくのは、無益なることだ。食う物、あるいは薬種を採る薬草などを植えおくのがよかろう。

●〈第二百二十五段〉 多久資が申しけるは、通憲入道、舞の手の中に

楽人の多久資が申したことには、通憲入道（注、藤原通憲、後に法名信西）は様々な舞の型の中で面白いと思ったものを選んで、当時、磯の禅師と名乗っていた女に教えて舞わせたものであった。その時、白い水干に鍔無しの短刀を腰に差させ、烏帽子を被るという男装の出で立ちで舞ったので、これを「男舞」と、そのように言ったことであった。その禅師の娘で、静と名乗った者が、この芸を継承したのである。これが白拍子の始まりである。その芸は、仏や神の由来や縁起を謡い舞うのであった。その後、源光行（注、後鳥羽院の北面の武士で歌人）が、白拍子の舞の多くの詞章を作った。なかには、後鳥羽院の御作のもある。それらは、院のご寵愛あった亀菊という伎女に自らお教えあそばされたということだ。

●〈第二百二十六段〉 後鳥羽院の御時、信濃前司行長、

後鳥羽院の御世に、信濃前司行長（注、伝未詳）という者が、学問に通暁しているとい

う評判であったが、唐土白楽天の『白氏文集』「新楽府」を、お上の御前にて議論するという役の一員に選ばれて、そのなかの「七徳舞」の、七つのうちの二つをど忘れしてしまったために、公家連中から「五徳の冠者」などという綽名で呼びからかわれた。このことを情けないことと思って、行長は学問を捨てて出家してしまったが、時に慈鎮和尚（注、大僧正慈円、天台座主になった高僧）は、一芸ある者をば、下仕えの者に至るまでも召し抱えて、愛憐の情をおかけになったので、この信濃入道も召し抱えて面倒を見られた。

この行長入道が、『平家物語』を作り、生仏と申した盲人に教えて語らせたのであった。そんな謂れの故に、この物語の中では、比叡山延暦寺のことをとりわけ立派に書いてあるのである。また九郎判官義経のことは、よく知っていて詳しく書き載せてある。しかし、兄の蒲冠者範頼のことは、よくも知らなかったのであろうか、多くの事どもを書き漏らしてある。武士のこと、また弓矢や馬術のことなどは、生仏が東国の者であった関係で、東武者どもに問い聞いて、それを行長に書かせたものであった。その生仏の生まれつきの謡いぶりを、今の琵琶法師は真似ているのである。

●〈第二百二十七段〉 **六時礼讃は、法然上人の弟子、安楽といひける僧、**

浄土信仰の徒が「六時礼讃」と申して、一日に六度、阿弥陀讃仰の礼拝をするのは、法然上人の弟子で、安楽と名乗っていた僧が、種々の経典から文句を集めて作って、それを勤行に用いたものであった。その後、太秦の善観房という僧が、朗誦のための声譜を付し定めて、声明として確立したものであった。これが、法然門下の「一念の念仏」とて、これさえ称えれば極楽往生を得るとする信仰の始まりである。後嵯峨院の御世から始まったことだ。『法事讃』とて『阿弥陀経』と讃文とを綾なして供養の法式としたものも、同じく善観房の始めたことである。

●〈第二百二十八段〉 **千本の釈迦念仏は、文永のころ、**

京の千本にある大報恩寺で催される「釈迦念仏」は、文永のころ（西暦1264〜75年）、同寺の長老、如輪上人が、これを創始されたものである。

●〈第二百二十九段〉 **よき細工は、少し鈍き刀を使ふといふ。**

良き細工人というものは、敢て少し切れ味の鈍い刀を使うという。となると、名人として名高い仏師妙観の刀はそれほど切れ味が良くなかったのだ。

●〈第二百三十段〉五条内裏には、妖物ありけり。

五条の内裏（注、亀山天皇の内裏）には、化け物がついていた。藤大納言殿（注、権大納言藤原為世、歌人）が語っておられたことによれば、殿上人たちが、黒戸の御所にて碁を打っていたところ、御簾を掻き上げて覗き見るモノがある。

「誰じゃ」

と、そちらを見てみれば、狐が、あたかも人間のように跪いて、差し覗いているのであったから、

「ありゃ、狐じゃ」

と、大騒ぎになって、みなおろおろと惑い逃げたものであった。これは、変化の術に未熟なる狐が、化け損なったのでもあろう。

●〈第二百三十一段〉園の別当入道は、さうなき庖丁者なり。

園の別当入道（注、藤原基氏）は、天下に二人といないような庖丁の名手である。ある人のもとで、たいそう立派な鯉を客人の前に出したので、そこにいる人たちは皆、

別当入道の庖丁さばきを見たいものだと思ったけれども、それを軽々しく口に出して言うのもいかがなものかと躊躇（ためら）っていた。しかるに別当入道も人情を心得た人であったから、

「近頃、料理稽古のため、百日のあいだ毎日鯉を切っておりまするが、今日だけそれをせぬというわけにもまいりませぬ。ここは枉（ま）げてそれがしがその鯉を申し受けましょうぞ」

と、そう言って切られたことであった。この取りさばきは、いかにもその座にふさわしく、また興あることじゃと、参会の人々は思っていた……と、ある人が北山太政入道殿（きたやまのだいじょうにゅうどう）（注、西園寺実兼（さいおんじさねかね））に語り申されたところ、

「そのような事は、わしにはひどく煩（わずら）わしいことに思えるのだ。『もししかるべく切る人がおらぬのであれば、ひとつ頂戴いたしましょう。それがしが切りましょうほどに』とでも言うてくれたなら、もっとよかったものを。なんだってまた百日の鯉を切っておるなどと態（わざ）とらしいことを言う必要があろう」

と仰せになったのを、面白いことであったと、ある人がお語りになったのは、たいそう面白いことであった。

概して申せば、わざわざ特段の趣向を構えて興（きょう）がるよりも、なんの趣向も構えずおっとりと穏やかな致しようのほうが勝（まさ）っている事である。

客人の饗応なども、時宜に適うように興深くとりなしたのも、じっさいそれはそれで良いけれども、それよりもただ、なんの趣向もなくあっさりと持ち出すというほうが更に良い。

人に物を与えたような場合でも、なにか特別の折に用意しておいて遣わすというのでなくて、ただあっさりと、

「これを差し上げましょう」

と言ったなら、そのほうがほんとうの芳志というものだ。それを、わざわざ秘蔵愛玩しているように見せて、相手から請われたいものだと勿体をつけたり、あるいは勝負ごとの負けにかこつけて贈ったりする、なんてのは、いかにもわざとらしくて面白からぬ。

●〈第二百三十二段〉すべて、人は無智無能なるべきものなり。

おしなべて人は、無智無能であるのがよい。ある人の子で、外貌なども悪くもない人が、父の前で人となにか話をするについて、いちいち『史記』や『漢書』などというような唐土の歴史書の文を引いてあれこれ言うなどは、いかにも利口のようには見えたものの、さようなことは目上の人の前では、せずもがなのことだと思ったもの

であった。

またある人のもとにて、琵琶法師(びわほうし)の語る物語を聞こうというので、わざわざ琵琶をどこかから持ってこさせたのはよいが、たまたま柱(じゅう)（注、琵琶のフレット）が一つ脱落していたので、

「作って付けよ」

と言うたところ、そこにいた男の中で、人品卑(じんぴんいや)しからず見える男が、

「古い柄杓(ひしゃく)の柄(え)がござるかな」

など言うのを見ると、なるほどこの男は爪を長く伸ばしているのであった。さては琵琶を弾くのであったろう。たかが盲法師(めくらぼうし)の琵琶を聞こうという時に、さようの沙汰にも及ばぬことだ。いかにも、自分はその道の心得がありますということをひけらかしているようで、側(かたわら)で見ていていやな感じがしたことである。

「柄杓の柄などは、檜物木(ひものぎ)（注、檜の曲げ物細工用の木材の意）とか申して、琵琶の柱などには良くない物であろうに」

と、ある人は仰せられた。

若い人は、少しの事でも、よく見えたり、反対に悪く見えたりもするものである。

●〈第二百三十三段〉よろづのとがあらじと思はば、

万事につけて難点がないようにしたいと思うならば、何事にも誠実にとりくみ、誰に対しても礼儀正しくして、言葉数(ことばかず)の少ないようにするに越したことはない。男も女も、老いも若きも、みなそういう人が良いのだけれども、とりわけて、若くて姿も美しい人で、言葉遣いが端正(たんせい)に整っているのは、忘れ難く、また自然と深く心惹(こころひ)かれるものである。

されば、万事につけて難点とすべきものは、いかにも悪達者(わるだっしゃ)な様子に上手(じょうず)ぶって、得意満面という風情で、人をないがしろにするということにある。

●〈第二百三十四段〉人の、物を問ひたるに、知らずしもあらじ、

誰かが何かものを尋ねたときに、〈そのようなことを知らぬはずもなかろうに……それを真っすぐに答えるのもばからしい〉とでも思うのであろうか、わざわざ相手の心を惑わすようなひねくれた返事をするというのは、良からぬことである。仮に相手が知っていて尋ねるのだとしても、さらに正確に知りたいと思って尋ねるのでもあろうに。また、ほんとうに知らないで尋ねる人だって、どうしてないことがあろうか。

へんにひねくれないで、まっすぐに言い聞かせるのであれば、穏当なことと聞こえるであろうに。

また、他人がいまだ耳にしていないようなことを、いくら自分がよく知っているからといって、

「さてさて、かの人の一件は呆れたものじゃ」

などとだけ、思わせぶりに言いやるならば、

「それはさて、どんなことがあるのであろうか」

と、折り返し尋ねるために人をやらねばならず、いかにも気にくわぬことである。

また世の中に普く知られていることであっても、たまたま自分だけが聞き漏らしていたというような人もあるのだから、曖昧な点がないようにはっきりと告げてやるということが、なぜに悪しかろうぞ。

そういうことは、世馴れぬ未熟者によくあることである。

● 〈第二百三十五段〉 **ぬしある家には、すずろなる人、**

持ち主が住んでいる家には、なんの関わりもない人が、自分勝手に入り込んでくることはない。しかし、誰も住んでいない所には、通り掛かりの人が勝手に立ち入った

り、狐やフクロウなどというような胡乱なモノも、人の気配に妨げられることがないために、我が物顔に入って住み着き、木霊などという奇っ怪なモノも現れたりするものである。（注、この段は、全体に『源氏物語』の「蓬生」の帖を下敷きにしていると見える。すなわち、「もとより荒れたりし宮のうち、いとど狐の住処になりて、うとましう、気遠き木立に、梟の声を朝夕に耳ならしつつ、人気にこそ、さやうのものもせかれて影隠しけれ、木霊など、けしからぬものども、所を得て、やうやう形をあらはし、ものわびしきことのみ数しらぬに……」というあたりがそれである。また「夕顔」の六条あたりの「なにがしの院」の描写にも通うところがある。「蓬生」の『謹訳 源氏物語』の訳「もともと荒れ果てていた邸のうちは、白楽天の詩句『梟は松桂の枝に鳴き、狐は蘭菊の叢に蔵る（フクロウは松や桂の枝に鳴き、狐は蘭や菊の草むらに隠れている）』というのさながらに、庭は狐の住み処となり、また茂りに茂って薄気味悪く人気もない木立の枝には、怪しげにフクロウが鳴いているのを、朝夕に聞きなれてしまっている。思えば、人の気配があればこそ、妖怪変化のたぐいは姿を隠しているものだろうけれど、いまはおあつらえに人気も無くなってしまったゆえに、茂り合った古木に巣喰う木霊などという奇怪な精霊までもが、得たりや応と、次第次第に姿を現わしたりなどもして、どうにも悲観すべきことばかり数知れず増えていく」、なお、白楽天の詩句は、『白氏文集』巻一「凶宅」）

また鏡には色も形もない、その故に、さまざまの物の形が来ては映る。鏡に、もし色や形があったとしたら、そこには何も映ることがないであろう。

「虚空よく物を容る（中が空っぽのものは、そのなかによく物を容れることができる）」と諺にも言ってある。我等の心には、さまざまの思念が自由自在に来たって浮かぶというのも、畢竟、その心というものの実体が無いゆえでもあろうか。もし心に住み着いている主がいるとしたら、胸の内にいくばくのことも入り来ることなどあるまい。

●〈第二百三十六段〉丹波に出雲といふ所あり。

丹波の国に出雲という所がある。そこには、出雲大社から大国主命の尊霊などを分け祀って、社殿も見事に造立してある。これは「しだの何某」とかいう人が領し治めている所だというわけで、そのしだの何某が、秋の頃、聖海上人（注、伝未詳）や、そのほかにも多く人を誘って、

「さあおいでなさい。出雲を拝みに。搔き餅を御馳走いたしましょうぞ」

などと言いながら、一同を引き連れて行ったところが、随行した各人それぞれがその神社を拝んで、なみなみならぬ信心を起こしたのであった。しかるに、その神社の御前にある獅子と狛犬が、それぞれ背を向けて立っていたので、上人はたいそう感心して、

「おお、まことに結構なることじゃ。この獅子の立ちかたはたいそう珍しい。なにか深い謂れのあることであろう」

と言って涙ぐみ、

「やれやれなんとしたことじゃ、おのおのがた、かくもありがたきものがお目に留ま

りませなんだか。情けないことよ」

　と言ったところ、みなみな不審に思って、

「まことに、他の神社とは違っておりますな」

「さよう、これはひとつ都への土産話にいたしましょう」

　など口々に申したところ、上人は、なおもその謂れなどを知りたいと思い、年長けて、いかにもかかることに通じていそうな顔をした神官を呼んで、

「この御社（みやしろ）の獅子の立てられている姿については、さだめてなにか言い伝えなどあることでございましょう。ちとお聞かせ頂きたいのじゃが」

　と言われたところ、

「その事でござるが……、それはいたずらなる小童（こわっぱ）どもがしでかしたことで、けしからぬことでござります」

　と言うが早いか、すっと寄って行って、当たり前の形に据（す）え直してさっさと向こうへ行ってしまった。かくて上人の感涙は、なんの意味もないことになってしまった。

●〈第二百三十七段〉柳筥に据ゆる物は、縦さま・横さま、

柳筥（やないばこ）の上に据えて置く物は、縦向きに置くか、横向きに置くか、それは何を置く

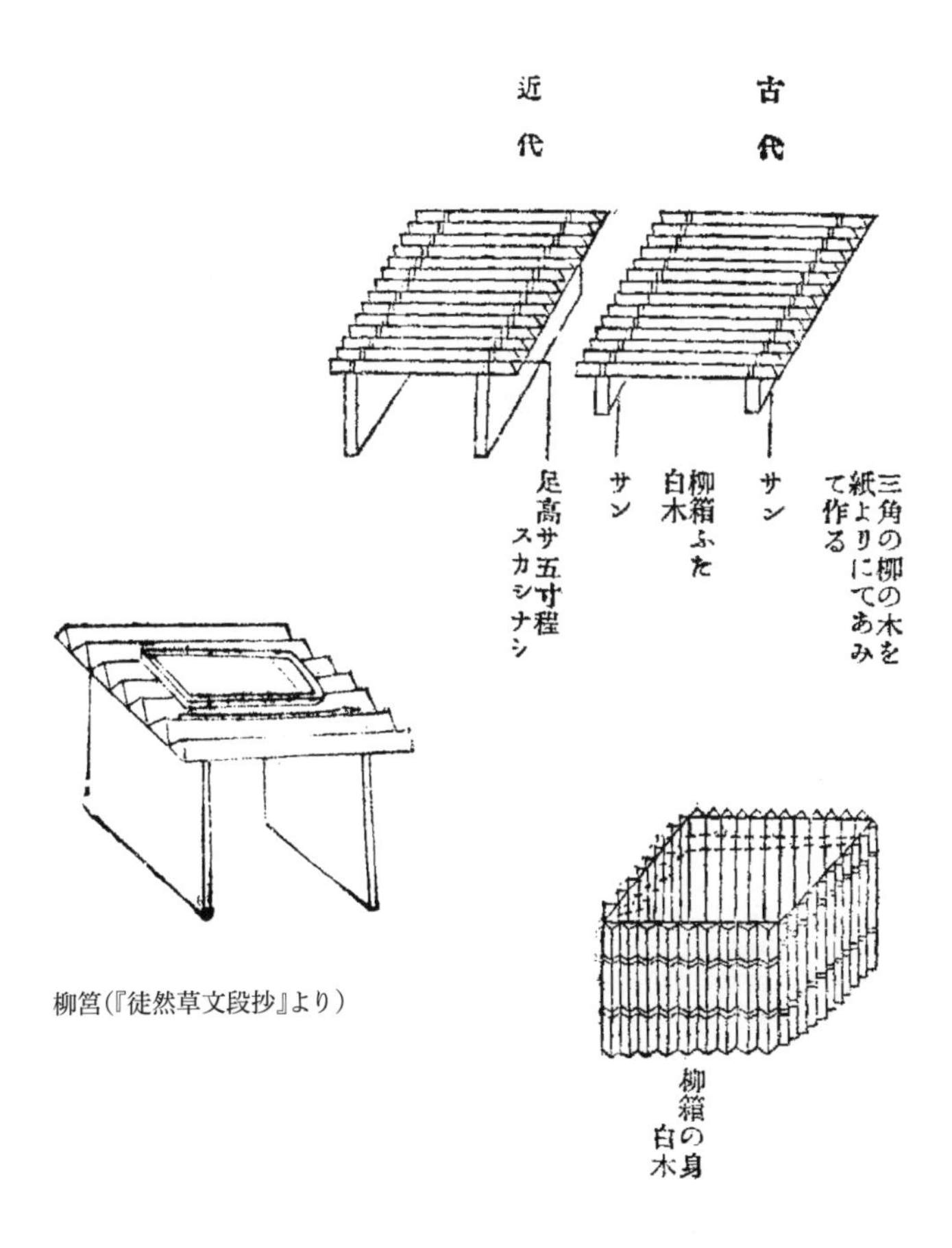

柳筥(『徒然草文段抄』より)

やない箱(『貞丈雑記』故實叢書より)

かによることであろうか。

「巻物などは、縦向きに置いて、編んである木と木の間から紙縒を通して、結びつけておく。硯も、縦向きに置いてあると、筆が転がらなくて使い勝手がよい」と、三条右大臣（注、これが誰を指しているかは未詳）殿は仰せになったものだ。

勘解由小路の家（注、名筆家藤原行成の子孫で、能書の人を輩出した世尊寺流の宗家）の能書の人々は、しかし、かりそめにも硯を縦向きに置くなどということはない。必ず横向きにお据えなされたものだ。

（注、柳筥は、『貞丈雑記』所載の付図のような形のもので、本来は、図の右のように、柳の木を糸で綴じ合わせ箱につくったものに、やはりその木を綴じて桟をつけた蓋を被せる形のものであったが、その蓋にやや高い足を付けて、図の左のように物を置く台として用いることが多くなった。本書に述べられているのは、この「近代」とする形の物を置く台の謂いである。この柳の細木に添って置くのを縦向きとし、細木を渡して置くのを横向きとする）

●〈第二百三十八段〉御随身近友が自讃とて、七箇条書きとどめたる事あり。

上つ方の随従警固に遣わされる御随身の近友（注、中原近友か）が自讃することを七箇条書き留めたるものがある。それらはいずれも近友が得意としていた馬術に関することで、それほど大したことでもない事どもばかりだ。その前例から思いついたのだが、自分にも自讃の事が七つある。
一　人を大勢連れて、花を見て歩いたことがあったが、その時に、最勝光院のあたりで、一人の男が馬を走らせているのを見て、
「あれは、もう一度馬を走らせなどするとな、きっと馬が倒れて落馬するであろうぞ。しばらくご覧なさい」

と言って、そこに立ち止まっていたところ、果せるかな男はまた馬を走らせた。すると、止めるべき所で、馬を引き倒して、乗っている人が泥んこの中に転び落ちてしまった。されば、我が申した言葉が誤たずその通りになったことを、誰も皆感じ入ったことであった。
一　今の天皇陛下が、いまだ東宮でおわしました時分に、万里小路御殿が東宮御所でござったが、堀川大納言　源　具親殿がそこへ伺候なされたときの控室へ、所用あって参ったところ、『論語』の四、五、六の巻を繰り広げなさって、
「じつはただ今、御所にて東宮様からご下問があったのだ。『子曰く　紫の朱を奪ふことを悪む……（中間色である紫が正色である朱よりも目立つということは、世の中で理の正しいものよりも正しからぬものが勝るということで、それを憎むのだと孔子先生はおっしゃった）』という本文をご覧になりたいとのことで、『論語』をご覧になっているんだが、どこに書いてあるのか見付けることがおできにならぬようなのだ。それで『さらによく取り調べてみ

よ』と、こういう仰せごとでな、今こうして捜しているところなんだが……」

と仰せがあった。そこで、

「それは九の巻のどこそこのあたりにございますよ」

とお教え申したところ、

「ああ、嬉しや」

とあって、すぐに東宮さまの御許にそれを持っていって進上なされた。この程度のことは、子どもにだってできるような事であるが、昔の人は、ちょっとした事でも、おおげさに自画自賛したもののようだ。後鳥羽院が、ご自詠のお歌について、

「袖と袂とを、一首の和歌のうちにいっしょに使ってはまずいだろうか」

と、藤原定家卿にお尋ねあそばされたところ、

「『秋の野の草のたもとか花すすき穂に出でてまねく袖と見ゆらん（秋の野の草の袂なのだろうか、あの花薄は、それで恋心を色に顕して招いている袖のように見えるのだろう）』という『古今集』の古歌もございますれば、何の差し支えがございましょうか」

と言上された事についても、

「ご下問に当たって、引き比べみるべき古歌を覚えていた。これは歌道の神の御加護があったのであろう。まことに幸運であった」

などと、ことごとしく記し置かれてあるのを見る（注、この逸話がどのような本に記し置かれている

のか、未詳）。九条相国藤原伊通公が自らの勲功などを列記申告した書類にも、どうということもないような書き物の題目までも、手柄として自讃しておられたものだ。

一　常在光院の撞き鐘の銘は、菅原在兼卿の起草にかかる。藤原行房朝臣がそれを清書して、いざ鋳型に移し入れようとした時、鋳造責任者の入道が、くだんの草稿を取り出して、私に見せたものだったが、見れば「花の外に夕を送れば、声百里に聞ゆ（鐘の音が花のはるか彼方まで夕べの至ることを告げ送るならば、その入相の鐘声は百里の遠方までも聞こえわたる）」という句があった。そこで私は、

「この銘文は凡そ陽唐の韻を踏んでいると見えますが、この里という韻字は紙旨の韻でありますから、百里という語にはなにか誤りがあるのではありませぬか」（注、漢詩や漢文の銘には一定の韻を揃えるという約束事がある。この常在光院の鐘の銘文は現存しないので、具体的な字句は分らないが、多くの句が陽もしくは唐の字韻を踏んでいたのであろう。しかるに、その「声百里に聞こゆ」すなわち「声聞百里」の一句のみは、韻字里が「リ」の音で、すなわち紙・旨の韻になっているのは、全体としての韻律が整っていない、ということを言ったのである）

と、こう指摘してやったものだ。奉行の僧は、

「ああ、良くこそお見せ申したものだ。あなたに見ていただいたのは、私の手柄であった」

などと言いながら、このことを、銘文の作者在兼卿のもとへ言い送ったところ、

「間違っておりました。百里というところを数行とお直しください」

と返事が参った。（注、行の字ならば、たしかに陽・唐の韻に適う）

さて、数行と直したとしたら、意味の面からしていかがなものであろう。あるいはこれ、数歩という意味であろうか。これまた、どうもよく分らぬ。

「数行」と直しても、その語になお不審がある。数というのは四から五というほどの意味である。となると、鐘の声がほんの四、五歩となっていくらも届かないということになる。この一句は、鐘声が遥か遠くまで聞こえるという心なのだろうから、数行では意味をなさぬ。（注、この「数行」以下の部分は、兼好自身による注記か、もしくは後の人の書き入れが混入した本文かとも言われているが、いずれにしても、この前までの本文とはいささか成立経緯の異なる一文と思われる）

一　人を多く伴って、比叡山の三塔、すなわち延暦寺の東塔、西塔、横川の諸堂塔を巡礼したことがあったが、なかにも横川の常行堂のうちに、「龍華院」と書いた古い額がある。これにつき、

「藤原佐理か行成か、この二人のいずれの筆であるか、疑いがあって、いまだ決しておらぬと申し伝えております」

と、堂の僧がたいそうらしく申しておったところで、私が、

「行成ならば、裏書がありましょう。佐理ならば、裏書のあるはずがない」

と、こう申したところ、その額の裏は塵が積り、虫の巣となって見苦しげであったのを、せいぜいよく掃き拭って、おのおの検分いたしたところ、果して、行成の位

階、姓名、それに揮毫の年号までも定かに見え申したゆえ、人はみな面白がったことであった。

一　那蘭陀寺にて、聖の道眼が仏法談義をしていたところ、八災（注、仏法の修行を妨げる八つの要素をいう仏教語で、「憂、喜、苦、楽、尋、伺、出息、入息」の八つを言う）ということをふと忘れてしまって、

「誰か、覚えておいでか」

と言ったところが、聴講の弟子たちはみな覚えていなかったところに、簾の内の聴聞席から、私が、

「これこれ、これこれ、でござろうか」

と外に向って言ったもので、同座の皆々感じ入ったことであった。

一　賢助僧正のお供をして、加持香水という真言の行法を見学していたところ、いまだ終らぬうちに、僧正は席を立って帰途に就かれたが、行法の執行されていた外陣の外まで来てみると、同伴者としてついてきているはずの僧都の姿が見えぬ。そこでお供の法師どもを中へ帰して探させたところ、

「同じ姿格好の僧侶たちが多くて、とても探し当てることができませぬ」

と言って、ずいぶん時間が経ってから外へ出てきた。そこで、賢助僧正が、

「ああ、これは困ったたな。そなたひとつ探してきてくれぬか」

と私に言われたほどに、中に帰り入って、すぐに探し得て連れて出てきたことだった。

一　二月十五日、月の明るい夜だったが、それも夜更けて、千本の大報恩寺の涅槃会に詣でた折、多く人の集まっている後から入っていって、ひとり顔を深く隠して聴聞いたしておったところ、まことになまめかしく美しい女人で、その姿といい、様子といい、人にすぐれた人が、分け入ってきて私の膝に寄りかかった。するとその匂いなども、まるで移り香せんばかりに薫るので、これは具合が悪いぞと思って、膝行して脇へ退いたところが、なおも擦り寄ってきて、同じようにする風情だ。そこで私は立って退いた。

その後、あるやんごとなき方の御所に仕える古株の女房が、わけもないことをお喋りしていたついでに、

「もうお話にならないくらい、無粋なお方じゃと、あなたさまをお見下げ申し上げたことがございましたよ。これこれしかじかのわけで、なんと素っ気ないお方かと、あなたさまをお恨み申している人がございますよ」

などと仰せいだされたので、

「さあて、いっこうになんのことか分りませぬが」

と申して、それきりになったことがある。

このこと、後に聞いてみれば、あの聴聞の夜に、特別席の御局のなかから、さる高貴な御方が御簾越しに私のことをお見つけになって、お側付きの女房を、とくに美しく化粧などさせてお出しになり、

「万事が好都合に運んだならば、言葉などをかけるがよい。その一部始終を帰り参ってから報告せよ。面白いことになるであろうぞ」

など言って、一計を巡らしなさったのだということであった。

●〈第二百三十九段〉**八月十五日・九月十三日は、婁宿なり。**

八月十五日と九月十三日は、いずれも星座が二十八宿のうち、婁宿に当たっている。この婁宿という星座は、清く明るいものなるがゆえに、その夜は月を賞翫するのに良い夜としているのである。

（注、婁宿は、安良岡康作『徒然草全注釈』に「中国古代の天文学においては、黄道に沿って、それに近い二十八の星座をもって、天球上の日・月の位置を示す基準とした。これを二十八宿といい、「婁宿」はその中の一。「宿」は星座の意。（中略）当時行われた宣明暦においては、二十八宿の中、牛宿を除いた二十七宿をもって、月が大体、一日に一宿ずつ進行するので、毎日をこの二十七宿に配当している。それによると、八月十五日・九月十三日は婁宿に当たるのである」と説明されている）

◉〈第二百四十段〉しのぶの浦の蜑の見るめも所せく、

「うちはへて苦しきものは人目のみしのぶの浦のあまのたくなは（延々と続けて繰（く）る、ことの苦（くる）しいものは、人目ばかりを忍（しの）ぶこの恋、そして信夫（しのぶ）の浦の海人の漁り網の縄でございますね）」と『新古今集』の歌にも嘆いてあるように、人目を忍ぶ恋人と逢いたいけれど、信夫の浦の海人どもの見る目も煩わしく、暗闇（くらやみ）に紛れて逢おうにも暗部（くらぶ）の山を守っている番人どもの人目もしげかろうものを、それでも理屈を越えて通っていこうという心のありようこそ、恋も浅からず、そうしてしみじみと思うその折々の、忘れ難いことも多かろうに、親や兄弟もこれを許して、天下晴れて女を自邸に迎え取り、妻として据えられたりするのは、たいそう面映ゆい思いがすることであろう。

また世間で生業を立てかねて悲観している女が、年格好のまるで不釣り合いな老法師、あるいは下賎な東人であろうとも、ただただ暮しぶりの豊かなのにつられて、「わびぬれば身を浮草の根を絶えて誘ふ水あらばいなんとぞ思ふ（すっかり悲観しておりますゆえ、我が身を憂（う）きものに思って、浮草（うきくさ）が根を絶えるように、もし誘ってくれる水があったら、ふわふわと浮きつつそちらへ行ってしまおうと思います）」という名高い小野小町の歌（注、『古今集』）など口ずさむのを聞いて、仲人口を利く人が、双方に興味を惹くようなことを言い繕って、互いに知りもせず、知られもせぬ人を、迎え取って連れてきたなど、いかにもよろしくないことである。もしそんなことであったら、さていったい何事を話の糸口にしたらよかろうか。それまで共に苦労をしてきて、あの「つくば山端山重山しげけれど思ひ入るにはさはらざりけり（筑波山には端の山や繁った山や、様々の山が繁々と多いけれど、それでも分け入ろうと思うことの障りにはならぬ、そのように、思いを懸けた人の閨に入って逢いたいと思うならば、どんなことだって障りにならないのだ）」と詠じた源重之の歌（注、『新古今集』）さながら、苦労して通い逢うてきた既往を共に語らおうというのこそ、尽きせぬ言葉ともなるであろう。

総じて、だれか無関係の人が計らって取りまとめたような結婚は、次第次第に意に染まぬことばかり多くなっていくであろう。その迎え取った妻が良い女であったにつけても、身分も低く、醜男で、年も取っているというような男は、〈こんなにもつまらぬ男の俺のために、あたらその身を無駄にするなんてことがあるだろうか、結局この妻は財産目当ての女か……〉と思うにつけても、しだいに相手の女がくだらない者であるかのように感じられてきて、その女と向かい合っている自分自身も、〈いかにもみすぼらしい風貌よなあ〉と恥ずかしく思えてしまうだろう。それこそ、まことにまことによろしからぬことであろう。

梅の花の香りが馥郁と薫ってくる夜の、おぼろ月の下に佇んで恋しがるやら、また恋しい女の住む邸の垣根内なる広々とした庭の露を踏み分けて、後朝の明るんだ空に残っている有明月の景色なども、我が身の懐かしい想い出として偲ぶこともないような人は、ただ色好みなどはせぬに越したことはない。（注、このあたりは、『源氏物語』「末摘花」で、源氏が常陸宮の邸へ忍んで行った折の描写「うちとけたる住処にすゑたてまつりて、うしろめたうかたじけなしと思へど、寝殿に参りたれば、まだ格子もさながら、梅の香をかしきを見いだしてものしたまふ」、「若菜・上」で柏木が女三宮を垣間見して恋となり、三宮近侍の小侍従に宛てた文の「一日、風に誘はれて、御垣の原をわけ入りてはべりしに、いとどいかに見おとしたまひけむ。その夕べより、乱りごこちかきくらし、あやなく今日はながめ暮らしはべる」のあたり、また、「帚木」の空蟬との逢瀬の後の朝の描写の「月は有明にて、光をさまれるものから、かほけざやかに見えて、なかなかをかしき曙なり」というような行文が踏まえられているのでもあろう。因みに、それぞれの『謹訳 源氏物語』の口語訳を以下に付す。＊末摘花「命婦はとりあえず、自分の取り散らした居室に源氏を通して、かかるむさくるしいところに待たせるのは、まことに申し訳ないと思いながら、急ぎ姫君のいる寝殿にやって来た。すると、もう十六夜月も出た夜分になるというのに、まだ格子戸も下ろさず、端近いところに座ったままの姫は、庭の梅の馥郁と香る花を眺めていた」。＊若菜・上「ある日のことでございます。吹く風に誘われて、お垣根うちの原を分け入ってまいりましたのですが、宮さまには、それはそれはどんなにかわたくしをお見下げあそばしたことでございましょうか。その夕べから、思い乱れるばかり心もくれて、『あやなく今日はながめ暮らし』たことでございます」。＊帚木「空には有明の月がかかっている。明るい空にはもう月の輝きなどは失せているものの、その輪郭だけはくっきりとして、真夜中よりはかえって趣のある曙の空であった」）

◉〈第二百四十一段〉望月のまどかなる事は、しばらくも住せず、

満月の丸々としている状態は、しばらくの間も止まることなく、すぐに欠け始めてしまう。気をつけて見ていない人には、一夜のうちに、さまで変化する様子も見えぬのであろうか。病気の症状が重くなるのも、同じ状態に止まっているひまもなく、気がつけば死期はすでに近くなっている。しかし、病勢がいまだ急に進むことなく、ただちに死に赴くというほどでもないうちは、命はこのままいつまでも続いて平静に暮せるだろう、などという思いに馴れてしまっていて、〈まあ、生きているうちに、あの事、この事と成し遂げてから、閑かに仏道修行の道に入ろうか〉などと、のんきに思っているゆえ、いよいよ病を身に受けて、死の門に臨むその時には、もはや願い事は一つも成就することがない。そこで、もはや何を言っても甲斐のないことで、年来の怠りを後悔して、〈この度の病が、もし治って生き長らえることができたなら、夜を日に次いで、この事も、あの事も、怠らず成し遂げてやろう〉と心中に願を起すようであるが、たちまちに病が重くなってしまう結果、そこで我を失い取り乱して死んでしまう。とまあ、世の中はそういうたぐいの人ばかりであろう。この事は、まず人々どなたも今すぐに心に記銘しておかなくてはならぬ。

願い事を成就して後、もしなお暇があったら、仏道修行に向かうことにしようとす

るならば、その願い事はいつまでも尽きることがあるまい。幻のように儚い人生のうちに、何事をなせることであろうか。すべて、願うところはみな妄想にほかならぬ。それゆえ願うことが心に浮かび来たったならば、〈すわ、俺も妄想に囚われて心が迷い乱れてしまったぞ〉、と自得して、その願いのためには何もするべきでない。そうして直ちに、なにもかも放り捨てて仏道に専念する時は、心中になんの障害もなく、身には為すべき何事もなくして、心身ともに長く閑かな状態でいられるのである。

◉〈第二百四十二段〉とこしなへに違順につかはるることは、

いつまでも己の逆境と順境に支配されて、悟道を開くことができぬのは、これひとえに苦楽にこき使われているのである。楽というのは、好み愛着することである。人はどうしてもこの楽ということを求めてしまって、それを止めることができない。しかるに、人間が願い求めるところの楽は、一つには名声である。その名声にも二つある。行跡が優れているという名声と、才芸に長じているという名声である。二つ目には色欲である。三つ目には美味い物を喰いたいという欲望である。世間万般の願いは、つきつめてゆけばこの三つ以上のものはない。そうして、これらの三つの欲望は、悟道から見れば正反対の考えから起こるもので、それゆえにあれやこれやと苦悩が起こる。

どの願いも求めないに越した事はあるまい。

●〈第二百四十三段〉 八つになりし年、父に問ひていはく、

八つになった年、私は父にこんなことを問うた。

「仏というのは、どんなものでございましょうか」

父が言うには、

「仏には、人が成ったのだよ」

と。そこでまた私は尋ねた。

「人は、どのようにして仏になるのでございますか」

と。父はまた答えた。

「仏の教えによって、成るのさ」

と。また私は尋ねた。

「教えてくださった仏をば、なにが教えたのでございましょうか」

と。また答えた。

「それもまた、先の仏の教えによって成りなさったのだよ」

と。また尋ねた。

「その教え始めなされた第一の仏は、どのような仏でございましたか」

と私が言った時、父は、

「さあ、空から降ったかな、土から湧いたかな」

と言って笑った。

「いや、こいつに問い詰められて、とうとう答えられなくなりましたぞ」

と、父はあちこちの人に吹聴(ふいちょう)して面白がったことであった。

本書は、新潮日本古典集成『徒然草』（新潮社）を底本としましたが、明らかな誤脱などは他本によって校訂して訳してあります。

本文場面画『徒然草』寛延四年版、挿図『鳳闕見聞図説』江戸後期写本、『徒然草文段抄』寛文七年刊本、いずれも著者所蔵。

林　望（はやし・のぞむ）

一九四九年東京生。作家・国文学者。慶應義塾大学文学部卒、同大学院博士課程単位取得満期退学（国文学専攻）。東横学園女子短大助教授、ケンブリッジ大学客員教授、東京藝術大学助教授等を歴任。一九八四年から八七年にかけて、日本古典籍の書誌学的調査研究のため、イギリスに滞在。その時の経験を綴ったエッセイ『イギリスはおいしい』（平凡社・文春文庫）で九一年に日本エッセイスト・クラブ賞を受賞し、作家デビュー。『ケンブリッジ大学所蔵和漢古書総合目録』（P．コーニツキと共著、ケンブリッジ大学出版）で九二年に国際交流奨励賞、『林望のイギリス観察辞典』（平凡社）で九三年に講談社エッセイ賞を受賞。学術論文、エッセイ、小説の他、歌曲の詩作、能作・能評論、自動車批評、料理書、古典文学評解等幅広く執筆。近年は『往生の物語』（集英社新書）、『すらすら読める風姿花伝』（講談社）、『女うた恋のうた』（淡交社）、『謹訳　世阿弥能楽集（上）』（檜書店）、『リンボウ先生のうふふ枕草子』『謹訳　平家物語』（ともに祥伝社）、『源氏物語の楽しみかた』（祥伝社新書）等、古典の評解書を多く執筆。『謹訳　源氏物語』全十巻（祥伝社）で二〇一三年に毎日出版文化賞特別賞受賞（現在文庫化、『改訂新修　謹訳　源氏物語』全十巻・祥伝社文庫）。

公式ホームページ　https://www.rymbow.com/

切りとり線

★読者のみなさまにお願い

この本をお読みになって、どんな感想をお持ちでしょうか。祥伝社のホームページから書評をお送りいただけたら、ありがたく存じます。今後の企画の参考にさせていただきます。また、次ページの原稿用紙を切り取り、左記編集部まで郵送していただいても結構です。

お寄せいただいた「１００字書評」は、ご了解のうえ新聞・雑誌などを通じて紹介させていただくこともあります。採用の場合は、特製図書カードを差しあげます。

なお、ご記入いただいたお名前、ご住所、ご連絡先等は、書評紹介の事前了解、謝礼のお届け以外の目的で利用することはありません。また、それらの情報を６カ月を超えて保管することもありません。

〒１０１―８７０１（お手紙は郵便番号だけで届きます）
祥伝社　書籍出版部　編集長　栗原和子
電話０３（３２６５）１０８４
祥伝社ブックレビュー　http://www.shodensha.co.jp/bookreview/

◎本書の購買動機

＿＿＿＿新聞の広告を見て	＿＿＿＿誌の広告を見て	＿＿＿＿新聞の書評を見て	＿＿＿＿誌の書評を見て	書店で見かけて	知人のすすめで

◎今後、新刊情報等のメール配信を　　希望する　・　しない
（配信を希望される方は下欄にアドレスをご記入ください）

@

100字書評

謹訳　徒然草

住所

名前

年齢

職業

謹訳(きんやく)
徒然草(つれづれぐさ)

令和三年十二月十日　初版第一刷発行
令和五年　三　月五日　　　第二刷発行

著者――――林　望(はやしのぞむ)

発行者―――辻　浩明

発行所―――祥伝社(しょうでんしゃ)
〒一〇一-八七〇一　東京都千代田区神田神保町三-三
☎03-3265-2081(販売部)　☎03-3265-1084(編集部)
☎03-3265-3622(業務部)

印刷―――堀内印刷

製本―――ナショナル製本

造本には十分注意しておりますが、万一、落丁、乱丁などの不良品がありましたら、「業務部」あてにお送り下さい。送料小社負担にてお取り替えいたします。ただし、古書店で購入されたものについてはお取り替えできません。

ISBN978-4-396-61775-2　C0095　Printed in Japan
祥伝社のホームページ・www.shodensha.co.jp

▶ 各巻内容

第一巻	桐壺　帚木　空蟬　夕顔　若紫
第二巻	末摘花　紅葉賀　花宴　葵　賢木　花散里
第三巻	須磨　明石　澪標　蓬生　関屋　絵合　松風
第四巻	薄雲　朝顔　少女　玉鬘　初音　胡蝶
第五巻	蛍　常夏　篝火　野分　行幸　藤袴　真木柱　梅枝　藤裏葉
第六巻	若菜上　若菜下
第七巻	柏木　横笛　鈴虫　夕霧　御法　幻　雲隠
第八巻	匂兵部卿　紅梅　竹河　橋姫　椎本　総角
第九巻	早蕨　宿木　東屋
第十巻	浮舟　蜻蛉　手習　夢浮橋

好評既刊

源氏物語の楽しみかた

《祥伝社新書》

作家 髙樹のぶ子さん 推薦！ 「死」の場面は、なぜ女ばかりなのか？
『謹訳 源氏物語』の著者が、『源氏物語』の味わい方を徹底解説。
日本文学の金字塔、その魅力を存分に味わうための絶好の入門書。

林 望

リンボウ先生の うふふ枕草子

人の心の機微に触れ、細やかな人間心理を描写する少納言の筆の鮮やかさが、
著者の解説と現代語訳で蘇る。これぞ、千年経っても色褪せない古典の魅力！
抱腹絶倒の笑い話も、男女の恋心も！ 学校では教わらない、本当の面白さ。

林 望